新版
小学语文同步阅读

麻雀
MAQUE

（俄罗斯）屠格涅夫 —著

曾思艺 —译

长江出版传媒　长江文艺出版社

目 录

散文 随笔

散文诗

麻　雀

　　我打猎回来,走在花园的林荫小路上,猎狗在我前面跑着。突然,它放慢了脚步,开始轻轻悄悄地往前走,仿佛嗅到了前面有什么野物。

　　我顺着林荫小路往前望去,于是就看见了一只小麻雀,嘴角黄嫩嫩的,头上长着细细的绒毛。它是从鸟窝里掉下来的(大风吹得林荫小路上的白桦树剧烈地左摇右晃),一动也不动地蹲着,软弱无力地撑开一双羽毛未丰的小翅膀。

　　我的猎狗正慢慢逼近它。忽然,一只黑胸脯的老麻雀,从附近的一棵树上,像块石头似的直冲下来,正好落在猎狗的嘴前——它全身羽毛倒竖,完全改变了形状,绝望而凄厉地尖叫着,接连两次朝着猎狗那尖牙利齿的血盆大口飞扑下来。

　　它俯冲下来救护幼鸟,它用自己的身躯遮挡住自己的孩子……然而,它整个小小的身躯由于恐惧而瑟瑟颤抖,细小的声音变得狂野而嘶哑。它兀立不动,它准备牺牲自己!

　　对它来说,猎狗简直是个硕大无朋的怪物!然而,它仍然不愿稳坐在高高的、安然无恙的树枝上……一种比它的意志更强大的力量，使它从树枝上飞扑下来。

我的特列佐尔茫然站住，开始后退……显而易见，就连它也承认了这种力量。

我赶忙唤回窘态十足的猎狗——满怀敬意地走开了。

是啊，请别见笑。我崇敬那只英勇的小鸟，崇敬它那奋不顾身的爱的激情。

在我看来，爱比死亡和对死亡的恐惧更强大。只是因为它，只是因为爱，生命才得以保存和发展。

1878 年 4 月

乡 村

六月的最后一天；漫漫一千俄里之内，都是俄罗斯大地——我的故乡。

茫茫长空匀净地碧悠悠；只有一片白云——仿佛是在轻轻飘浮，又似乎是在袅袅融散。微风敛迹，天气暖洋洋的……空气——就像刚刚挤出、还冒着丝丝热气的牛奶一样新鲜！

云雀在悠扬地歌唱；大嗉囊鸽子在咕咕叫唤；燕子在静悄悄地飞来掠去；马儿在喷着响鼻，不停地嚼着草；狗儿一声不吠地站在那里，温顺地轻摇着尾巴。

空气中弥漫着烟火味和青草味——其中还夹杂着一丝焦油味，一丝皮革味。地里的烟草枝繁叶茂，郁郁青青，散发出一阵阵香烘烘、醉陶陶的气味。

一条坡度平缓的深深峡谷。两边的坡上长着几排爆竹柳，一棵棵树冠似盖，枝叶婆娑，下面的树干却都已龟裂了。一条小溪从谷底潺潺流过，波光粼粼，似乎可见水底的小石子在微微颤动。远处，天地合一的地方，一条大河就像连接天地的一道蓝莹莹的花边。

沿着峡谷——一面坡上是一个个整洁的小粮仓和一间间双门紧闭的小库房，另一面则是五六家木板铺顶的松木农舍——每一家的屋顶上都高高竖着一根挂着椋鸟笼的杆子；每一家的小门廊上都钉着一匹鬃毛直竖的小铁马；凹凸不平的窗玻璃闪射出霓虹的七彩；护窗板上信手涂画着一个个插满鲜花的带把高水罐。每一间农舍前都端端正正地摆着一条完好无损的小长凳；一只只猫像线团那样蜷缩在墙根附近的土台上，警觉地竖起透明的耳朵在细听；高高的门槛里面，每一个穿堂都暗幽幽、凉丝丝的。

我铺开一件披衣，躺在峡谷边沿；四周到处是整堆整堆刚刚割下的干草，清香扑鼻，让人心醉神迷。聪明的主人们把干草摊开在自己屋前：让它在太阳地里再晒干一点，然后收进草棚里！睡在这干草堆上，那真是美滋滋的！

孩子们那头发卷曲的小脑袋，从每一个干草堆里纷纷钻出来；羽毛蓬松的母鸡在干草里翻寻小蚊蚋和小昆虫；一只白嘴唇的小狗崽在乱蓬蓬的草堆里翻来滚去地自在戏耍。

几个长着亚麻色头发的小伙子，穿着干干净净、下摆上低低束着腰带的衬衣，蹬着笨重的镶边皮靴，胸脯靠在一辆卸了马的大车上，在伶牙俐齿地相互取笑。

一个脸庞圆圆的少妇，从窗口探出头来张望；她笑盈盈的，不知是小伙子们的说笑让她忍俊不禁，还是乱草堆里孩子们的嬉闹使她笑逐颜开。

另一个少妇正用一双健壮有力的手，从井里提上来一只湿淋淋的大水桶……水桶在绳子上轻轻颤动、微微摇晃，溢下一长串火红色的闪亮水珠。

一个年老的主妇站在我面前，她身穿一件崭新的家织方格呢裙子，脚蹬一双新崭崭的厚靴子。

空心大珠子串成的一条项链，在她那黑黝黝、瘦伶伶的脖子上绕了三圈；斑斑白发上系着一条带红点的黄头巾；头巾一直耷拉到她那双暗淡失神的眼睛上。

然而，老人的眼睛却和蔼殷勤地微笑着，皱纹密布的脸上也堆满了笑容。嗨，这老人也许有七十岁了吧……不过，就是现在也依然看得出来：她当年是一个美人儿！

她把那被太阳晒得黝黑的右手五指大大张开，托着一罐直接从地窖里取出来的、未脱脂的冷牛奶；罐壁上凝着一层珍珠似的小小水珠。老人家把左手掌心里那一大块余温犹存的面包递给我，说："吃吧，随便吃点儿呀，过路的客人！"

一只公鸡突然咯咯地大叫起来，还起劲地不停扑扇着翅膀；作为回应，一头关在栏里的小牛犊慢慢悠悠地拖长调子"哞"了一声。

"啊，这燕麦长得多好呀！"我那马车夫的声音传了过来。

哦，自由自在的俄罗斯乡村生活，是多么富庶、安宁、丰饶啊！哦，它是多么宁静和美满！

我不禁想到，皇城圣索菲亚大教堂圆顶上的十字架，还有我们城里人费尽心血所追求的一切，在这里又算得了什么呢？

1878 年 2 月

对　话

无论是少女峰还是黑鹰峰，
都还没有印上人类的足迹。

阿尔卑斯山的群峰……连绵起伏的重峦叠嶂……崇山峻岭的最中心。

绵绵群山上面，是蓝莹莹、亮晶晶、静凝凝的天空。凉风刺骨，酷寒难耐；硬邦邦的积雪闪闪发光；冰封雪盖、狂风劲吹的峭崖上，一块块险峻威严的巨石破冰而出，直插云霄。

两座极天际地的大山，两位摩天巨人，巍然耸立在天宇的两旁——少女峰和黑鹰峰。

少女峰对邻居说："你能讲点什么新闻吗？你看得比我清楚些。你那下边有些什么？"

几千年过去了——俯仰之间。黑鹰峰用雷鸣般的隆隆声回答："绵绵不断的浓云遮住了大地……你等一会儿吧！"

又是几千年过去了——俯仰之间。

"唔,现在呢?"少女峰问。

　　"现在,我看见了。下面那儿一切依旧:五光十色,支离破碎;海水是碧溶溶的,森林是黑郁郁的,密簇簇的石堆是灰扑扑的。石堆附近,依旧有许多小虫子在蠕动不休,你知道,这就是那些两足动物;无论是你,还是我,它们都还没有一次能亵渎咱们的身体呢。"

　　"那是人吗?"

　　"对,是人。"

　　几千年过去了——俯仰之间。

　　"唔,那么现在呢?"少女峰问道。

　　"小虫子看上去似乎少了一些。"黑鹰峰用雷鸣般的隆隆声回答,"下面现在看起来清晰多了, 水面变得窄溜溜的,森林也变得稀疏疏的。"

　　又是几千年过去了——俯仰之间。

　　"你看见什么了?"少女峰问。

　　"我们旁边,紧靠我们跟前,似乎干净、明亮多了。"黑鹰峰回答,"哦,可是在那边,远远的山谷里还有一些斑斑点点,还有什么东西在爬来爬去。"

　　"那么,现在呢?"少女峰问道,又过了几千年——俯仰之间。

　　"现在好了。"黑鹰峰回答,"到处都清清爽爽,无论你往哪里看, 全都是白茫茫的一片……到处都是我们的雪,万古不变的冰天雪地。一切都凝固了。现在好了,安安静静

— 9 —

了。"

"好啊,"少女峰轻声说,"不过,我们俩也唠叨够了,老头儿。现在也该打个盹儿了。"

"是打盹的时候了。"

两座极天际地的大山睡着了;亮晶晶、蓝莹莹的天空,在永远沉寂的大地上空,也睡着了。

1878 年 2 月

老太婆

我行走在广阔的田野里,形单影只。

突然,我似乎感到背后有小心翼翼、蹑手蹑脚的脚步声……有人在跟踪我。

我回头一望,看见一个矮小、驼背的老太婆,全身裹在一件破烂不堪的灰衣衫里。只有她的一张脸从破衣烂衫中显露出来:黄蜡蜡的面孔皱纹密布,鼻子尖尖的,满嘴的牙齿都掉光了。

我走到她身边……她停住脚步。

"你是谁?你需要些什么?你是要饭的吗?你在等人施舍吗?"

老太婆没有回答。我低下头细看她,只见她的一双眼睛蒙着一层白微微的云翳,或是像某些鸟类眼睛里特有的那种薄膜——它们就是用它来保护自己的眼睛,抵挡太强光线的照射。

不过,老太婆眼里的这层薄膜却是固定不动的,它把眼珠遮得严严实实的……因此我断定,她是个瞎子。

"你是想要施舍吗?"我又问了一次,"你为什么跟着我呢?"

可是老太婆仍旧不搭话,只是稍稍蜷缩了一下身子。

我转身离开她，继续走自己的路。

于是，我又听到背后传来那种蹑手蹑脚、不紧不慢、仿佛偷偷摸摸的脚步声。

"又是这个女人！"我心想，"她为何缠着我不放呢？"但我马上又想到，"也许，她是因为双目失明而迷了路，这时听到我的脚步声，就跟在身后走，以便跟我一起走出这地方，到有人家的地方去。对啊，对啊，就是这么回事。"

然而，一种怪异的不安渐渐左右了我的思绪：我开始感到，这个老太婆不只是跟在我身后走，而且还在控制着我的方向，她把我时而往左推，时而向右送，而我身不由己地任凭她摆布。

然而，我还是继续往前走……可是突然间，就在我前方的路上，冒出了一个黑洞洞、宽绰绰的东西……似乎是个什么坑……

"坟墓！"我脑子里电光一闪，"原来她是要把我往这里推啊！"

我陡然向后转过身子……老太婆又站在我面前……只是她居然看得见了！她用一双圆睁睁、恶狠狠、阴森森的大眼睛瞪着我……一双兀鹫的眼睛……我凑过去细看她的面孔、她的眼睛……又是那层暗淡无光的薄膜，又是那张双目失明、神情呆滞的脸庞……

"啊呀！"我思量着，"这个老太婆——就是我的命运呀。这是人无法逃脱的命运啊！"

"无法逃脱！无法逃脱！这不是太荒唐了吗？……应该试一试。"于是，我拔腿奔向一旁，朝另一个方向飞跑。

我大步流星地往前走……然而，轻轻巧巧的脚步声一如既往地在我身后沙沙地响着,很近,很近……于是,在前方又出现了那个黑洞洞的坑。

我又转身跑向另一个方向……可是身后又响起了同样的沙沙声,前面又出现了那个让人毛骨悚然的同样的黑窟窿。

我像一只被追捕的兔子没命地东奔西突,但无论跑向哪里……结果都是一样,完全一样!

"停一下!"我沉思着,"让我来骗一骗她。我任何地方都不去了!"于是我猛地一屁股坐到地上。

老太婆站在我后面,离我两步远。我听不见她的声音,但我感觉到她就在那里。

突然,我看见远处那个黑洞洞的窟窿竟然飘浮起来,正主动向我飞爬过来。

上帝啊!我回头一看……老太婆正直勾勾地盯着我——并且歪着牙齿脱尽了的嘴在狞笑……

"你逃脱不了!"

1878 年 2 月

狗

　　房间里就我们俩:我的狗和我。屋外,狂风怒号,暴雨如注,摇天撼地。

　　狗儿蹲坐在我的面前——直端端地望着我的眼睛,于是我也望着它的眼睛。它似乎想对我说些什么。它默然无言,它不会说话,它不了解自己——然而,我却了解它。

　　我知道,此时此刻,无论是它的心里还是我的心里,都有同样的一种感觉,我们之间毫无二致,我们俩一模一样,我们俩心里都有同一星闪烁不定的火花在燃烧,在发亮。

　　死神飞扑过来,向这星火花拍动它那一双奇寒彻骨、硕大无朋的翅膀……于是一切都灰飞烟灭!

　　以后谁会去弄清楚,我们两个的心里燃起的究竟是一星怎样的火花?

　　不!这绝不是兽与人在互相交换目光……

　　这是两双同样的眼睛在彼此凝视。

　　在其中的每一双眼睛里,不论是兽的还是人的——两个相同的生命正在怯生生地互相靠近。

1878 年 2 月

乞 丐

　　我走在大街上……一个乞丐——一个年老体衰的老头迎面把我拦住。一双红肿肿、泪汪汪的眼睛，两片青乌乌的嘴唇，一身烂兮兮的粗糙衣服，几处脏乎乎的伤口……唉，贫穷把这个不幸的生命噬咬得遍体鳞伤，丑陋不堪！

　　他向我伸出一只红惨惨、肿乎乎、脏兮兮的手……他呻吟着，含含糊糊地乞求施舍。我开始搜寻身上所有的口袋……既没有钱包，也没有怀表，连手绢也没有一块……我身上什么东西都没带。而乞丐仍在等待着……他伸出的那只手软塌塌地晃动着，颤抖着。

　　"请别见怪，兄弟。我身上什么也没带，兄弟。"我张皇失措，窘困不堪，于是紧紧握住这只脏兮兮、抖颤颤的手……

　　乞丐用他那双红肿肿的眼睛凝望着我，他咧开青乌乌的嘴唇微微一笑——接着便同样握住我凉冰冰的手指。

　　"没关系，兄弟。"他喃喃地说，"就这样也该感谢你啊。这也是一种施舍啊，兄弟。"

　　我恍然大悟，我也得到了这位老哥的施舍。

1878 年 2 月

玛　莎

　　那是许多年以前的事了,当时我住在彼得堡,每次雇了马车后,都要跟马车夫聊上一阵子。

　　我特别喜欢同那些夜间赶车的车夫们闲谈,他们都是近郊的穷苦农民,驾着一辆漆成红褐色的小雪橇,套上一匹瘦骨嶙峋的驽马,来到京城——满心希望以此养家糊口,同时还能攒几个钱向主人交租。

　　于是,有一次,我就雇了一个这样的马车夫……这是一个二十岁左右的小伙子,身材高大,体格匀称,那模样真是帅呆了,蓝汪汪的眼睛,红扑扑的脸颊,淡褐色的鬈发,从那顶压到眉毛上的打补丁的帽子下,一圈圈钻出来。而那件破烂不堪的粗呢上衣,紧紧绷绷地套在他那大力士般宽阔强壮的双肩上!

　　可是,马车夫那没有胡须、眉清目秀的俊脸,看上去却愁云密布,郁郁寡欢。

　　我跟他闲聊起来。他的声音里,也透露出哀伤。

　　"怎么啦,老弟?"我问他,"你为什么闷闷不乐呢?莫非有什么伤心事?"

　　小伙子没有立刻回答我。

　　"有啊,老爷,有啊。"他终于开口了,"而且是一件伤心透顶的事啊。我妻子死了。"

"你爱她……爱你的妻子吗?"

小伙子没有回过头来看我,只是稍稍把头低下去一点。

"我爱她,老爷。已经快八个月了……可我老是忘不了。我心里痛啊……真是的!她怎么就会死呢?年纪那么轻!身体那么棒!才一天工夫,霍乱就要了她的命。"

"她对你一定很好吧?"

"那还用说,老爷。"这个可怜的人深深叹了一口气,"我和她一块儿过得别提多和睦了!她死的时候,我不在家。我在这儿刚一得到消息,说是她已经给埋了——我就风风火火地赶回村子,赶回家去。回到家里——都早已是下半夜了。我跨进自家的小木屋,站在屋子当中,就这样轻轻轻轻地呼唤着:'玛莎!啊,玛莎呀!'只听到蟋蟀在唧唧地叫。这时我就哭了起来,一屁股坐在木屋的地板上——还用手掌使劲地啪啪拍打着地面!我喊着:'你这永远填不满的大肚汉……你把她吞掉了……那就把我也吞掉吧!啊呀,玛莎呀!'"

"玛莎呀!"突然,他又如泣如诉地低唤一声。接着,他一边握住手中的缰绳,一边抬起手来用手套擦去眼里的泪水,又把它摘下来,往旁边一扔,耸一耸肩——就再也没吭一声了。

从雪橇上下来时,我多给了他十五戈比。他双手捧着帽子,向我深深地鞠了一躬——随后便踏着细碎的步子,沿着皑皑白雪覆盖的空荡荡的街道,迎着一月寒凛凛、白蒙蒙的浓雾,踉踉跄跄地慢慢远去了。

1878 年 4 月

傻 瓜

从前，有一个傻瓜。

很长一段时间里，他过得舒舒服服，无忧无虑。可是慢慢地，他开始听到一些流言蜚语，说普天之下都认为他是一个浑浑噩噩、庸庸碌碌的人。

傻瓜顿时感到无地自容，开始忧心忡忡地寻思：怎样才能消除这些可恶的风言风语？

终于，一个突如其来的妙计，让他那榆木脑袋如梦初醒……于是，他毫不犹豫，马上付诸行动。

他在街上偶然遇到一位熟人——而且，那熟人向他提起一位闻名遐迩的画家，赞不绝口……

"拉倒吧！"傻瓜大声叫道，"这个画家早已成为历史，无人问津了……您连这一点也不知道？我真没想到您竟会这样孤陋寡闻……您呀——真是一个落伍者。"

熟人瞠目结舌——于是，立即认同了傻瓜的见解。

"我今天读了一本妙不可言的书！"另一位熟人告诉傻瓜。

"拉倒吧！"傻瓜大声叫道，"您怎么不感到羞愧呢？这本书分文不值，大家早已弃之如敝屣了。您连这一点都不知道？您呀——真是一个落伍者。"

于是，这个熟人也瞠目结舌——而且，也认同了傻瓜的见解。

"我的朋友 N.N.可真是一个超群出众的人啊！"第三个熟人对傻瓜说，"他是一个货真价实的高尚人物！"

"拉倒吧！"傻瓜大声叫道，"N.N.——是个赫赫有名的卑鄙小人！他把所有的亲戚洗劫一空。这件事谁不知道？您呀——真是一个落伍者。"

第三个熟人也瞠目结舌——于是，也认同了傻瓜的见解，并且，与自己的朋友分道扬镳了。

无论是谁，只要他在傻瓜面前称道什么人，赞扬什么事——他总是旧调重弹，一律加以贬斥。

不过有时候，他还会补上一句责备的话："难道您还在迷信权威？"

"一个专横跋扈的人！一个丧心病狂的人！"熟人们开始对傻瓜议论纷纷，"不过，他的脑瓜子是多么聪明啊！"

"还伶牙俐齿、巧舌如簧呢！"另一些人补充道，"噢，他真是个天才啊！"

最后，一家报纸的出版商约请傻瓜主持该报的评论专栏。

于是，傻瓜开始对一切人和一切事都指手画脚、横加指责，手法风格一贯如旧，连感叹的语气也一成不变。

曾几何时，他大声疾呼反对权威——而今，他自己也成了权威。年轻人既对他顶礼膜拜，同时又对他侧目而视。

而他们，这些可怜的年轻人，又能怎么样呢？尽管一般说来，不应该顶礼膜拜……然而，这个时候，你当心点儿！如果不顶礼膜拜，你就会掉进落伍者的行列中！

只有在胆小的人们中间，傻瓜才能如鱼得水、怡然自得。

1878 年 4 月

玫　瑰

八月底的最后几天……秋天已经来临。

夕阳西沉。既无一声轻雷，也无一道闪电，一阵突如其来的瓢泼大雨，刚刚从我们一望无际的平原上空疾驰而过。

屋子前的花园全身沐浴着红艳艳的晚霞，树上树下万道泉水潺潺竞流，红光闪闪，烟雾蒙蒙。

她坐在客厅的一张桌子旁，透过半开半掩的门望着花园，凝神沉思。

我知道她这时的所思所想；我知道，此时此刻，经过一番短暂而痛苦的斗争，她已不由自主地沉浸在一种再也无法控制的感情之中了。

忽然，她站了起来，急急地走进花园，便无影无踪了。

时钟敲过了一小时……又敲过了一小时，她还没有回来。

这时我站起身来，走到屋外，沿着她刚走过的那条林荫小路——对此，我确信无疑——向前走去。

四周的一切都已变得黑蒙蒙的，夜幕降临了。然而在小路湿乎乎的沙土上，透过迷迷茫茫的夜色，一件圆形的东西发着亮悠悠的红光。

我俯下身子……这是一朵娇嫩欲滴、蓓蕾初放的玫瑰。两个小时前我看见,缀在她胸前的,正是这朵玫瑰。

我小心翼翼地捡起这朵掉在泥泞里的小花,便回到客厅,把它放在她坐的安乐椅旁边的桌子上。

瞧,她终于回来了——迈着轻轻巧巧的步子,穿过客厅,在桌子边坐了下来。

她面色苍白然而喜气洋洋;那双睫毛低垂、似乎变小了的眼睛,乐悠悠、羞答答地迅速扫视着四周。

她看见了那朵玫瑰,便一把抓在手里,望一望它那皱巴巴的花瓣,又望了望我——于是,那双眼睛突然间木然不动了,绽开了一颗颗晶莹的泪花。

"您哭什么呢?"我问她。

"啊,就哭这朵玫瑰。您看,它变成什么样子了。"

这时,我想出了一句富有深意的警句。

"您的眼泪将会洗净这些污垢。"我意味深长地说。

"眼泪不会清洗,眼泪会熊熊燃烧,"她回答道,接着便转身面向壁炉,把那朵小花扔进渐渐暗淡的火焰里。

"熊熊火焰比滴滴泪珠燃烧得更加纯净。"她英姿飒爽地大声说道。同时,她那双清亮秀美、泪水盈盈的眼睛,豪放不羁、幸福无比地笑了起来。

我明白,她也在火焰中熊熊燃烧起来了。

1878 年 4 月

门　槛

　　我看见一座高大的楼房。

　　正面墙上一扇狭小的门大敞着;门里面——阴森森、暗蒙蒙的。高高的门槛前,站着一位姑娘……一位俄罗斯姑娘。

　　那黑腾腾的浓雾里散发出森森寒气;随着这冷浸浸的寒气,从楼房深处传出一个慢条斯理、低沉暗哑的声音。

　　"哦,你想跨进这道门槛——你可知道,是什么在等着你吗?"

　　"知道。"姑娘回答道。

　　"那可是寒冷、饥饿、憎恨、讥笑、蔑视、屈辱、监狱、疾病甚至死亡啊,你知道吗?"

　　"知道。"

　　"与人世完全隔绝、孤独寂寞呢?"

　　"知道。我早已做好准备。我能忍受一切苦难,一切打击。"

　　"不仅是来自敌人的打击——而且还有来自亲人和朋友的打击呢?"

　　"对……也包括来自他们的打击。"

　　"好。你甘愿牺牲自己吗?"

“是的。”

“无声无息地牺牲吗？你英年早逝——却没有任何人……甚至没有任何人知道,应该悼念谁！”

“我既不需要感激，也不需要怜悯。我不需要留名后世。”

“你准备犯罪吗？”

姑娘垂下头……

“对于犯罪,我也做了准备。”

那声音停顿了一会,没有接着提问。

“你知道,”那声音终于问了起来,“你将来可能会放弃现在的信仰,可能会发现自己受了骗上了当,枉自牺牲了自己青春妙龄的生命？”

“就是这,我也知道。无论如何我要进去。”

“进来吧！”

姑娘跨进了门槛——于是，一道重重的门帘在她背后落了下来。

“傻瓜！”有人在后面咬牙切齿地骂道。

“圣女！”不知从哪里传来一声回答。

1878 年 5 月

探　访

　　我坐在敞开的窗前……一天清晨,五月一日的凌晨。

　　朝霞还没染红东方,但黑漫漫、暖融融的夜已经开始变得白荡荡、凉森森的。

　　没有晨雾袅袅升起,也没有微风轻轻吹拂,万物都浑然一色,悄然无声……不过,感觉得到,万物苏醒的时刻近在弹指之间——渐渐疏朗的空中,弥漫着凉浸浸、润滋滋的露水味。

　　突然,一只大鸟穿过洞开的窗户,飞进我的房间,微微拍动翅膀,发出轻轻的沙沙声。

　　我打了个冷战,定睛望去……那不是一只鸟,那是一个长着翅膀的细小女子,穿着一件长长的紧身连衣裙,下摆是波浪形花纹。

　　她全身是灰白的珠母色,只有那双小小翅膀的内侧,像盛开的玫瑰花一样,闪耀着娇柔的嫩红;圆圆的小小脑袋上,一个用铃兰花编织的花环,紧束着披散的鬈发——而在那美丽饱满的小小前额上,两根孔雀毛就像蝴蝶的两根触须,饶有趣味地晃来晃去。

　　她在天花板下飞舞了两三圈,小可可的脸上笑盈盈的,那双乌溜溜、亮汪汪的大眼睛也笑盈盈的。

这恣意顽皮的飞翔,就像其乐无穷的游戏,让她的眼睛发出钻石般的璀璨光芒。

她手里拿着草原小花的一枝长茎:俄罗斯人称它为"沙皇的权杖"——它也的确像一根权杖。

她快如闪电地从我头上飞掠而过,用那朵小花轻轻触了一下我的头顶。

我奋力朝她追去……可她已经风一样轻盈地飞到窗外——然后疾飞而去。

在花园里,在丁香花丛的深处,一只斑鸠用它的第一声咕咕啼鸣向她表示欢迎——而在那边,她失去踪影的地方,乳白色的天空悄悄地燃起了一片红霞。

我认出你了,幻想女神!你驾临寒舍,纯属偶然——你是飞去探访年轻的诗人们的。

哦,诗歌啊!青春啊!女性的纯真之美啊!你们只能在我面前闪耀电光石火般短暂的光辉——在这个早春时节的清晨!

1878 年 5 月

施　舍

一座大城市近郊，宽阔的大路上走着一个病恹恹的老人。

他趔趔趄趄地走着，骨瘦如柴的双腿拖着重沉沉、虚怯怯的步子，步履蹒跚，跌跌撞撞，磕磕绊绊，仿佛两条腿不是自己的；一身衣服就像挂在身上的破布片，没戴帽子的脑袋，低垂在胸前……他已经精疲力竭了。

他在路边的一块石头上坐了下来，向前俯下身子，两只胳膊撑在膝上，双手捂住脸——滴滴泪珠流过弯曲的手指缝，滴进干燥的灰色尘土里。

他在回忆历历往事……

他想起了，他曾经是怎样钢筋铁骨，富甲一方——又怎样损害了健康，把钱财家产分送给别人，分送给朋友和敌人……而如今，他连一块面包也没有——而且，所有的人都弃他不顾，朋友们更是抢在敌人的前面……难道他竟然沦落到要摧眉折腰地乞求施舍的地步了？他愁肠百结，羞愧万分。

而泪珠仍在一串串地滴呀，滴呀，在灰色的尘土上滴出一片斑斑点点。

突然，他听到有人在叫他的名字，他抬起疲惫不堪的头——看见一个陌生人站在自己面前。

那人神态安详而庄重，不过并不严厉；眼睛并不炯炯发光，但明亮如水；目光洞微察隐，但并不凶恶。

"你把自己的家财分送得干干净净，"那人平心静气地说，"可是，你却并不后悔你以前的善行义举吧？"

"不后悔。"老人长叹一声，答道，"只不过现在我已快要死了。"

"假若世上没有那些向你伸手求怜的乞丐，"陌生人继续说，"那你还能在谁的身上表现你的美德，实施你的善行呢？"

老人哑然无语——他开始沉思。

"既然如此，那么现在你也就别再心高气傲了，可怜的人。"陌生人又开口说道，"去吧，把你的手伸出来吧，你也给别的好心人一个机会，让他们用行动来表现自己的善心吧。"

老人全身猛地一震，不禁抬起眼睛……然而陌生人已经失去了踪影，而远处的大路上走来了一个行人。

老人走到他跟前——并且向他伸出一只手。这个行人冷若冰霜地转过身子，什么东西都没有给。

但是，另一个人接着走过来了——这个人给了老人一点点施舍。

老人便用这几戈比铜币给自己买了一块面包，而且，他还觉得这块乞讨得来的面包香喷喷、甜滋滋的——他心里并没有丝毫羞愧的感觉，相反，他的脸上洋溢着一种宁静的欢乐。

1878 年 5 月

菜 汤

　　一个农家寡妇的独生子死了,他刚二十岁,是村子里顶呱呱的干活能手。

　　女主人,也就是这个村的女地主,听说农妇的不幸遭遇后,就在送葬的那天去看望她。

　　女东家在农妇的家里见到了她。

　　农妇站在小屋中间的一张桌子前面,不慌不忙、井然有序地用右手(左手像一根干藤垂在腰间)从一只熏得黑乎乎的瓦罐底部舀着清水似的菜汤,并且一勺一勺喝进肚里。

　　农妇的那张脸瘦筋筋、黑黝黝的;一双眼睛红通通、肿泡泡的……但她却恭敬、笔直地站着,就像在教堂里一样。

　　"天哪!"女主人心想,"在这个时候,她竟然还吃得下东西……不过,他们所有的人全都一个样,都是铁石心肠!"

　　女主人于是想起了,几年前她的那个才九个月的女儿不幸夭折,她心如刀割,拒绝去彼得堡近郊的一所漂亮别墅避暑,竟在城里度过了整个夏天!

　　然而,这个农妇却还在继续一勺一勺地喝着清水菜汤。

　　女主人终于按捺不住了:"达吉亚娜!"她说,"哎呀呀!我真感到奇怪!难道你不爱自己的儿子?你的胃口怎么还这么好呢？你怎么就喝得下这些菜汤呢？"

"我的瓦夏死了。"农妇低声说道，伤心的眼泪又沿着她那深陷的脸颊刷刷滚落，"就是说，我也活到尽头了，我的脑袋就像被活活地砍掉了一样。可这菜汤不能糟蹋呀，里面可是放了盐的啊。"

女主人只好耸一耸肩膀——随后就离开了。对她来说，盐是唾手可得的便宜东西。

1878 年 5 月

蔚蓝的王国

啊,蔚蓝的王国!啊,蔚蓝、光明、青春和幸福的王国!我见到你了……在梦里。

我们几个人坐着装饰华丽、精美好看的一叶轻舟。猎猎招展的三角桅旗下面,鼓满了风的白帆,好似天鹅的胸脯。

我不知道,自己的同伴是些什么人;但我身上的每一个器官都感觉到,就像我一样,他们也是如此地年轻、快乐和幸福!

不错,我并不怎么注意他们。我放眼四望,只见蓝色的一片无边无际的大海,海面上铺展着金灿灿的鳞片似的万顷细浪,而头顶也是同样蓝莹莹一片无边无际的天空——就在那里,滚动着一轮和蔼可亲的太阳,它欢天喜地、笑容可掬。

我们中间不时飞出清朗朗、乐悠悠的笑声,这简直就是众神的欢笑!

有时,突然有人说几句连珠妙语,有人吟几行妙不可言、灵思动人的诗……似乎,天空也以阵阵天籁与之应答——就连周围的大海,也深有同感地发出颤鸣……接着,又是令人心醉神迷的宁静。

我们的轻舟,随着白花花的波浪轻轻起伏,飞驰向前。

并没有风推送它，是我们自己那朝气蓬勃的心驱使它向前。我们想去哪里,它就可心如意地飞驰向哪里,就像一个心有灵犀的活东西。

有时,我们会遇到一些岛屿。这是一些半透明的仙岛,岛上到处是红艳艳、蓝莹莹、绿晶晶的各种珍贵宝石,五光十色,灿烂耀眼。从圆形的海岸边飘来令人心旷神怡的芳香;其中的一些岛屿上,白玫瑰和铃兰落英缤纷,阵阵花雨飘洒到我们身上;另一些岛屿上,一群群七彩夺目的长翼海鸟蓦地腾空飞起。

这些海鸟在我们的头顶盘旋飞舞,铃兰和玫瑰的落英与珍珠般的泡沫融为一体,从我们光滑的船舷外漂流而去。

伴随着花雨和群鸟,飘来一阵阵甜蜜蜜的声音……其中似乎还有女性的声音……于是,四周的一切:蓝莹莹的天空,绿澄澄的大海,头顶哗哗飘动的白帆,船尾潺潺流淌的碧水——这一切都在诉说着爱,诉说着怡然自得、幸福无比的爱!

而她,我们每个人都深爱着的那位女子——她就在这里……虽然不见芳踪丽影,却近在身边。再过一瞬间——瞧吧,她的双眼就会秋波闪闪,她的脸上就会绽开一朵朵微笑……她的手就会拉住你的手——并且把你引进鲜花常开、青春永驻的天堂!

啊,蔚蓝的王国! 我见到了你……在梦里。

1878 年 6 月

老　人

昏天黑地、沉重难熬的日子来临了……

自身的病痛,亲人的疾病,暮年的凄凉与悲苦……你曾经热爱过的一切,你曾无私地为之献身的一切——正在风流云散,灰飞烟灭。

眼前,是一条下坡路。

究竟怎么办呢?

向隅而泣? 日坐愁城?

你这样做,无论于人于己都毫无助益。

那渐趋枯萎的虬曲树干上,枝头的树叶越来越小,也越来越稀——但绿意盈盈,一如从前。

你也紧缩起来,躲进自己的内心,沉湎到自己的回忆里吧——在那里,在灵魂幽深的隐秘之处,在凝神沉思的心灵的最底层,你那往日的生活,只有你一个人才能接近的生活,仍将在你的面前散发自己的芬芳,展现清新的绿意和春天的明媚与力量!

不过,你可得当心……千万别朝前看啊,可怜的老人!

1878 年 7 月

记　者

两个朋友围桌对坐，一起喝茶。

街上突然沸喧盈天。有人在如怨如诉地呻吟，有人在疾言厉色地咒骂，有人在幸灾乐祸地哄笑。

"他们在打人呢。"一个朋友朝窗外望了一眼说。

"打的是一般犯人，还是杀人凶手？"另一个问道，"请听我说，无论他是什么人，绝不容许未经法庭审判就任意责罚。走吧，咱们去为他讨个公道。"

"不过，他们打的不是杀人凶手。"

"不是杀人凶手，那么是个小偷了？反正一样，咱们去把他从人群里救出来。"

"也不是小偷。"

"不是小偷，那么是个售票员？铁路工人？军需官？俄罗斯学术和文艺的保护者？律师？与人为善的编辑？乐善好施的慈善家？……无论如何，咱们得去帮他一把。"

"不……这个挨打的是个记者。"

"记者？唔，那么你听我说，咱们先喝完这杯茶再说。"

1878 年 7 月

两兄弟

那是一个幻影……

两个天使……两个精灵飞临我身边。

我之所以说他们是天使……精灵——是因为两人都赤身裸体,一丝不挂,并且每一个的肩膀后面都长着一对劲鼓鼓的长长翅膀。

两个都是青年。一个——稍显丰满,光滑滑的皮肤,乌油油的鬈发。浓密的睫毛下一双褐色的眼睛,满蕴着深情;目光温情脉脉,快快乐乐,充满渴望。面孔如出水芙蓉,清丽可爱,只是稍稍有点儿粗豪,微微带点儿凶悍。鲜红而丰满的嘴唇,轻轻地颤动着。青年微笑着,就像一位大权在握的人那样——充满自信又慵慵懒懒;一顶华丽的花冠,轻轻罩在他那亮油油的头发上,几乎遮住天鹅绒般的双眉。丰满的肩膀上,挂着一张用金箭别住的色彩斑斓的豹皮,轻轻地一直垂到弯成弓形的大腿上。翅膀上的羽毛是醒目的玫瑰红;翅尖则是一片鲜红,仿佛浸染过殷红的鲜血。这对翅膀不时快速扇动,发出银铃一般清脆悦耳的丁丁声,春雨一般柔美动听的沙沙声。

另一个身材瘦削,肤色偏黄。每次呼吸时,肋骨隐约可见。淡黄色的头发,稀疏而粗直;一双圆溜溜的浅灰色大眼睛……目光惊惶不安,而且出奇地明亮。整个脸型是尖尖的;微微张开的小嘴里露出鱼齿一般尖细的牙齿;短短的鹰钩鼻子;前翘的下巴,上面蒙着一层白茸茸的细毛。两片干瘪瘪的嘴唇,从来不曾挂上过一丝微笑。

那是一张端端正正然却望而生畏、冷酷无情的脸!(其实,那第一个眉目如画的青年——他的脸虽然温柔可爱,但同样没有怜悯之情。)第二个人的头上插着几根空瘪瘪的断麦穗,用一根干枯枯的草茎编在一起。腰间缠着一块粗拉拉的灰布;背后的一双翅膀蓝靛靛的,淡然无光,缓缓地威严地扇动着。

两位青年就像是形影不离的双飞蛱蝶。

他们彼此肩膀紧靠着肩膀。第一位软温温的手像一串葡萄似的,搭在第二位瘦巴巴的锁骨上;第二位瘦小的手臂连同细长的五指,像蛇一样贴在第一位那女人一般的胸口上。

这时,我听到一个声音……这声音这样说:"站在你面前的,是爱情和饥饿——这是一对亲兄弟,它们是一切生命的两大根基。

"所有的生物——都在四处活动,为的是觅食;而觅食,又是为了繁殖。

"爱情和饥饿——它们的目标毫无二致:必须使生命瓜瓞绵绵延续下去,无论是自己的生命,还是他人的生命——毕竟都属于那个宇宙的总生命。"

1878 年 8 月

利己主义者

　　他身上具有一切必需的条件,使他成为家庭的灾星。

　　他生来身强体壮,钱多财广——而且,在自己那漫长的一生中,他自始至终身强体壮、钱多财广,不曾有过一次过失,不曾犯过一次错误,不曾说错一句话,也不曾有过一次失算。

　　他诚实正直,尽善尽美……并且以意识到自己的诚实正直而得意扬扬,借此压制所有的人:亲人,朋友,熟人。

　　诚实正直成了他的资本……于是他借此掠取高额利息。

　　诚实正直使他有权利做一个冷酷无情的人,不去做法律上没规定的任何一件好事;于是,他也就真的变成冷酷无情的人——不做一件好事……因为法律规定的好事——那也便不是什么好事。

　　他从来不关心任何人,除了他自己——真该奉为楷模啊!假如别人也同样对他这位人中狮子漠不关心,那他就会理直气壮地勃然大怒!

　　与此同时,他并不认为自己是个利己主义者——而且,他对利己主义者和利己主义,谴责得比谁都严厉,抨击得比谁都猛烈!还用得着说吗?别人的利己主义损害了他自己的利己主义。

他在自己身上看不到一丁点最微小的弱点，因此就无法理解也绝不容忍任何人的弱点。总之，他对任何人和任何事都一无所知，因为他方方面面、上上下下、前前后后，整个儿都将自己毫无遗漏地包裹起来了。

他甚至从不知道：宽恕意味着什么？他根本不需要宽恕自己……他又凭什么要宽恕别人呢？

面对自己良心的审判，面对自己的上帝——他，这个怪物，这个披着美德外衣的恶魔，举目望天，振振有词、字字清晰地说："对啊，我是一个当之无愧的道德君子！"

在行将就木之前，他还会重复这句话——即便到那个时候，他那颗顽石一般的心，那颗毫无瑕疵、毫无裂痕的心，也绝不会有丝毫颤抖。

啊，自命不凡、刚愎自用、廉价沽来的美德，比起赤裸裸的恶德败行来，你的丑陋不堪恐怕更叫人憎恶！

1878 年 12 月

仇敌和朋友

一个被判终身监禁的犯人越狱逃出，拼命地向前狂奔……追捕者们跟随其踪迹，紧追不放。

他竭尽全力，向前飞跑……追捕者们渐渐被甩在后面。

然而，就在这时，一条河流横挡在他的面前，一条两岸壁陡的河流，一条狭窄——但深不见底的河流……而他却不会游泳！

一块朽烂、薄脆的木板，接通了两岸。逃亡者已经抬起一只脚就要踏上去……可是正在这个时候，发生了这样一件事情：河岸边站着他的刎颈之交和生死仇敌。

仇敌缄口不语，只是交叉着双手冷眼观望。而朋友却在放开喉咙高喊："得了吧！你在干什么呀？头脑清醒点，疯子！难道你没有看见，木板已经完全腐烂了吗？你这么重的人一压上去，它马上就断了——那你可真是自取灭亡了！"

"可是，再没有别的渡口呀……而你没听见他们已经追上来了吗？"不幸的逃犯绝望地呻吟着，说完便踏上了木板。

"我绝不允许！……不，我绝不允许你白白送命！"满腔热忱的朋友高声叫道，接着便把木板从逃亡者脚下抽走了。那个逃亡者立即扑通一声掉进了白浪滚滚的急流——

沉入水底去了。

仇敌踌躇满志地哈哈一笑——便悄然离去；而朋友却坐在河岸上——开始涕泗交流地痛哭他那位可怜的……可怜的朋友！

可是，他没有意识到朋友的死自己是责有攸归……压根儿就没有意识到。

"他没听我的话！没听话呀！"他泣不成声地说。

"不过，话又说回来！"他最后说，"要知道他本该一辈子待在可怕的监狱里饱受折磨的，可现在他至少不再受苦受难了！现在他倒是轻轻松松了！看来，这一切都是命运的安排啊！

"不过，从人道的角度来看，这毕竟还是惨不忍睹的一幕啊！"

于是，这个善良的人继续无从安慰地为自己倒霉的朋友痛哭流涕。

1878 年 12 月

岩　石

　　你们可曾见过海边那块古老的灰色岩石，在涨潮的时候，在阳光明媚、喜气洋洋的日子里，生龙活虎的浪涛从四面八方向它扑来——拍打它、戏弄它、爱抚它，并且，把珍珠般的亮闪闪的水沫，纷纷洒洒地倾泻到它那长满青苔的头上？

　　岩石依然还是那块岩石——可是，它那暗淡的表面却显出了一些明亮的色彩。

　　这些色彩表明，在地老天荒的时候，这块熔化的花岗岩刚刚开始凝固，它通体的颜色就像熊熊燃烧的一片红赫赫的火焰。

　　我这颗衰老的心也正是这样，不久以前，妙龄女郎的心从四面八方向它汹涌而来——于是，在它们那柔情的抚摸下，我心灵中那早已黯淡无光的颜色重又红光闪闪，再现当年的红艳！

　　海潮消退了……然而，色彩却依旧红艳——尽管寒凛凛的海风使劲吹刮、剥蚀着它们。

1879 年 5 月

鸽 子

我站在一个坡势平缓的山丘顶上。在我面前——铺展着一大片成熟的黑麦田,就像五色缤纷的海洋,时而是漫漫一片金灿灿,时而是茫茫一片银晃晃。

然而,这片海洋上却没有泛起一丝涟漪。闷沉沉的空气凝滞不动,一场大雷雨已近在咫尺。

在我附近依旧是一片阳光——热辣辣的;然而,在黑麦田那边不太远的地方,黑沉沉的浓云仿若一个笨重的庞然大物,遮住了整整半个天空。

万物都纷纷匿影藏形……在阴郁不祥的残阳的照耀下,万物都变得疲惫不堪。听不见一只鸟儿的啼叫,也看不见一只鸟儿的踪影,就连麻雀也销声匿迹了。只在附近的某个地方,孤零零的一大片牛蒡叶在顽强地沙沙细语,啪啪作响。

田埂上艾蒿的气味是多么浓烈!我望着那一大堆蓝沉沉的浓云……心里感到忐忑不安。

"那就快点儿来吧,快点儿吧!"我心想,"闪烁吧,金蛇啊!轰鸣吧,雷霆啊!飘移吧,翻滚吧,化作滂沱大雨吧!凶恶的乌云,结束这让人痛苦不堪的折磨吧!"

可是,乌云纹丝不动。它依旧压迫着无言的大地……而且,似乎在一个劲地膨胀,变得更黑。

然而,就在乌云清一色的暗蓝色背景上,有个什么东西平平稳稳、从从容容地闪现;特像一块白手帕或一个小雪球。这是从村子那边飞来的一只白鸽。

　　它飞呀,飞呀——一直笔直地飞,笔直地飞……随后在树林后面消失了。

　　过了不多一会——仍旧是一片可怕的寂静……可是,看啊! 竟然有两块白手帕在闪闪发光,两个小雪球在往回疾飞:那是两只白鸽,在平平稳稳地飞回家去。

　　现在,暴风雨终于猛扑过来了——铺天盖地,热闹非凡啊!

　　我总算勉强赶回到家里。狂风怒号,像个疯子似的到处乱窜;一团团火红色的浓云,好像被撕成了丝丝缕缕的碎片,低压着大地在飞驰;一切都在旋转,混成黑昏昏的一片;瓢泼大雨噼里啪啦地抽打下来了,像垂直的水柱一样摇晃着猛砸到地面上;一道道闪电迸发出绿幽幽的火焰;断断续续的雷声,仿如大炮的轰鸣;空气里弥漫着硫黄的气味……

　　然而,在屋檐底下,在天窗的边缘上,两只白鸽在紧紧依偎着——一只曾飞出去寻找同伴,另一只则被它领回家,或许,是被它救回家。

　　两只鸽子都竖起羽毛——它们彼此都感觉到自己的翅膀依偎着对方的翅膀……

　　它们是多么幸福美满! 望着它们,我也感到幸福美满……虽然我茕茕孑立……像往常一样形单影只。

1879 年 5 月

大自然

　　我梦见，我走进一座地下神殿，它气势雄伟，有着许多高大的拱顶。整座神殿里浮漫着那种昏黄的、匀和的光线。

　　神殿的正中坐着一位端庄威严的女人，身穿一件绿艳艳的波纹布衣裳。她俯首垂靠在一只上托的手上，似乎正沉浸在深思之中。

　　我立刻明白了，这个女人——就是大自然本身，一种虔敬的恐惧像一股寒气骤然袭过我的心灵。

　　我走到这位端坐着的女人面前——并且，毕恭毕敬地鞠躬行礼。

　　"啊，我们万物的母亲！"我高声说道，"你在沉思什么呢？你可是在思考人类未来的命运？你是不是在思考，人类怎样才能实现尽善尽美和至高幸福？"

　　女人慢悠悠地转过那双乌灼灼、寒凛凛的眼睛望着我。她的一双嘴唇微微动了一下——于是，便响起了铁器相撞一般的铿锵声音："我正在思考的是，怎样增强跳蚤腿部肌肉的力量，好让它更容易逃脱敌人的攻击。进攻和反击的均衡已经被破坏了……应该恢复过来。"

　　"怎么？"我轻声嘀咕着，"你想的竟是这个问题？难道我们人类不是你喜爱的孩子吗？"

女人微微皱了一下眉头。

"一切造物都是我的孩子。"她说,"因此,我一视同仁地爱护他们,也一视同仁地毁灭他们。"

"然而善良……理性……正义呢……"我又轻声嘀咕道。

"这是人类的话语。"铿锵的声音轰响着,"我既不知道什么是善,也不知道什么是恶……在我看来,理性也并非法则——而且,正义又是什么东西呢?我给了你生命——我又夺回它,交给别的生物,交给蛆虫,还是交给人……对我来说完全一个样……你现在还是先保护自己吧——不要再打扰我!"

我本想反驳几句……然而,周围的大地却发出一声沉闷的呻吟,并且抖动了一下——于是,我就醒来了。

1879 年 8 月

我会想些什么呢？

当我即将钟鸣漏尽的时候，我会想些什么呢——如果我那时还能够思考的话？

我是否会想，我没有好好利用自己的一生，昏昏沉沉、浑浑噩噩地虚度了光阴，不懂得享受生命的赠予？

怎么？马上就要与世长辞了？这么快？不可能！我还什么都没来得及做呀……我只是刚刚准备动手啊！

我是否会回忆过去，让我所度过的为数不多的几个辉煌瞬间一一浮现在脑海里，让那些亲爱的形象和面容历历如在眼前？

我做过的那些蠢事是否会出现在我的记忆里——那姗姗来迟的悔恨是否会使我心之忧矣、视丹如绿？

我是否会想，死后等着我的是什么……而且那里是否真有什么东西在等着我？

不……我觉得，我会尽力不去思考——并且强迫自己信口开河、胡言乱语，为的只是让自己的视线避开前面那片令人毛骨悚然、越来越浓的黑暗。

曾经有一个临死的人当着我的面，一直抱怨别人不给他吃炒过的核桃……

只是在那里，只是在他那渐渐暗淡无光的眼睛深处，有个什么东西在扑腾、在抖动,好像一只受了致命重伤的鸟儿在扑腾、抖动折断的翅膀。

1879 年 8 月

玫瑰花,多么美丽,多么鲜艳……

很久很久以前,在某个地方,某个时候,我读过一首诗。它很快就被我遗忘了……但是第一行诗却至今依然留在我的记忆里:

玫瑰花,多么美丽,多么鲜艳……

现在是冬天,严寒给窗玻璃蒙上一层毛茸茸的薄薄霜花;黑魆魆的房间里点着一支蜡烛。我躲在房间的一个角落里坐着,可脑子里却一个劲地回响着:

玫瑰花,多么美丽,多么鲜艳……

于是,我发现自己站在城郊一座俄罗斯房子低矮的窗户前。夏日的黄昏正在静悄悄地消融,融入漫漫黑夜,暖腾腾的空气里弥漫着木樨草和椴树花的芳香;而在窗台上坐着一位少女,她伸直一只手臂托住脸颊,头儿斜靠在一个肩膀上——她静幽幽、直盯盯地望着天空,似乎是在等待第一批星星的出现。她那沉思的眼睛是多么纯真无邪,多么热情洋溢;那张开的、似在询问的嘴唇是多么动人,多么

— 48 —

天真;那发育还不充分、尚未经受过任何激动的胸脯,呼吸得多么均匀平稳;那青春妙龄的面容,是多么纯洁,多么温柔!我不敢跟她说话——可是,她使我感到多么可亲可爱,我的心跳得多么剧烈!

玫瑰花,多么美丽,多么鲜艳……

然而,房间里黑暗越来越浓,越来越浓……结了烛花的蜡烛发出噼噼啪啪的响声,跳荡不定的影子在低矮的天花板上摇来晃去,风雪在屋外狂呼怒吼,轧轧作响——就像老年人乏味的絮语声……

玫瑰花,多么美丽,多么鲜艳……

我的眼前又浮现出另外一些景象……我听见了乡村家庭生活欢乐的喧哗。两个长着淡褐色头发的小脑袋紧紧挨在一起,两双亮汪汪的眼睛机敏地望着我,两张红嘟嘟的脸颊因为强忍住笑而微微颤动,两双手亲热地互相钩在一起,两个稚嫩、友好的声音争先恐后、互相打断对方的话;而在稍远的地方,在那间舒适的房间深处,也有一双年轻的手,十指交错,在快速敲击一架老式钢琴的琴键——而圆舞曲都不能压住祖传茶炊的咕嘟咕嘟……

玫瑰花,多么美丽,多么鲜艳……

蜡烛渐渐暗淡,正在熄灭……是谁在那边咳嗽,咳得如

此嘶哑、低沉？我的老狗，我唯一的伴侣，身子蜷缩成一团，
紧靠在我脚边，瑟瑟发抖……我感到冷浸浸的……我快冻
僵了……而他们都死了……死了……

　　玫瑰花，多么美丽，多么鲜艳……

1879 年 9 月

海上之行

我乘坐一艘小轮船从汉堡到伦敦去,乘客就两个:我和一只小猴子——一只绢毛猴类的小母猴,这是一位汉堡商人赠送给他英国股东的一件礼物。

猴子被一条细细的锁链拴在甲板上的一条长凳上,烦躁不安地蹦来跳去,像鸟儿似的吱吱哀叫。

每次,当我从它身旁经过,它都会向我伸出自己那只黑黢黢、凉冰冰的小手——并且用它那双愁戚戚的、几乎像人一样的小小眼睛望着我。我拉住它的手——于是,它便不再吱吱哀叫,也不再蹦来跳去了。

海上风平浪静。海面就像一块向四面铺开的铅灰色桌布,纹丝不动。大海看起来似乎并不辽阔;浓雾茫茫,笼罩着海面,遮蔽了桅杆顶端,软溶溶的朦胧粘住了目光,使人感到神疲目眩。在这一片软溶溶的朦胧里,太阳仿若一个红惨惨的晕圈悬挂在空中;而快到傍晚时分,那片软溶溶的朦胧却燃成红彤彤的一片,熠熠闪耀着神秘莫测、奇妙无比的红光。

长条条、直溜溜的波纹,好似厚重的丝绸上的皱褶,一个紧接一个,从船头滚滚奔流而来,不断扩大变宽、蜷缩起皱,再扩大变宽,最后平铺开来,轻轻摇晃几下,便失去了踪影。螺旋桨发出单调的哗哗声,翻卷起一团团泡沫四溅的浪花;浪花像牛奶一样白亮亮的,轻轻发出咝咝的响声,碎散成一道道蛇一般的水流——随后又在那边汇合起来,也无影无踪了,被茫茫浓雾吞噬了。

船尾的一只小钟连续不断、如怨如诉地叮叮当当着,同猴子的哀叫声一样凄凉。

有时,一只海豹浮上海面——而后又猛一翻身,消失在涟漪频荡的海平面下。

而船长,一个沉默寡言的人,脸上晒得黑黝黝的,一副郁郁寡欢的样子,叼着一管短烟斗,气狠狠地朝一平如镜的海面吐着唾沫。

我每次问他,他总是以支支吾吾的嘟嘟囔囔加以回答;我无可奈何,只好去找我那唯一的旅伴——猴子。

我在它身边坐了下来;它不再吱吱哀叫——而且,再次向我伸出一只手。

呆滞滞的浓雾湿蒙蒙地围裹住我们俩,使人昏昏欲睡;我们都沉浸在同样无意识的默想中,像亲人一样并排坐着,互依互靠。

现在,我哑然失笑……可是当时我却是别有一番滋味在心头。

我们都是同一个母亲的孩子——而且,令我感到极其欣慰的是,这只可怜的小动物竟然如此信任我,安安静静的,并且偎靠着我,就像偎靠着亲人一样。

1879 年 11 月

我们还要奋战！

有时，一件多么微不足道的小事竟会使人整个儿改弦易辙！

有一次，我思绪万千、心事重重，走在一条大路上。

一连串不祥的预感使我心里憋闷得慌，我不禁忧心忡忡。

我抬起头……在我前方，在两排高高的白杨树中间，大路像箭一般直射远方。

在离我十步远的地方，整整一大窝麻雀正蹦跳着，一只紧跟一只横越它，横越这条大路，它们全身沐浴着金灿灿、亮晃晃的夏日阳光，活泼麻利、欢天喜地、充满自信地跳跃向前！

特别是其中的一只，就这样一直侧着身子，一个劲地向前猛跳，小胸脯挺得高高的，放肆地叽叽喳喳地叫着，一派天不怕地不怕的神气！十足的一个征服者！

而与此同时，天空中一只鹞鹰正在高高盘旋，也许，正是这个征服者命定要成为它的一顿美餐。

我瞧着瞧着，不禁大笑起来，顿时感到精神焕发——于是，一切忧思愁绪立刻云消雾散：我重新获得了勇气、胆量和对生活的渴望。

但愿我的鹞鹰也盘旋在我的头顶上……
"我们还要奋战,你就见鬼去吧!"

1879 年 11 月

祈　祷

　　一个人无论祈祷什么——他祈求的总是奇迹。任何一种祈祷都可以概括为这样一句话："伟大的上帝啊,请您保佑二乘二——别再等于四吧！"

　　只有这样的祈祷,才是真正的祈祷——一个人向另一个人的祈祷。向宇宙的灵魂,向最高的存在,向康德、黑格尔那种纯粹的、抽象的上帝祈祷——这既不可能,也不可思议。

　　然而,即便存在一个个性鲜明、生气勃勃的有形上帝,他能做到使二乘二不等于四吗?

　　任何一个信徒都必须义不容辞地回答:能——而且必须义不容辞地使自己对此坚信不疑。

　　可是,如果他的理智起来反对这种海外奇谈呢?

　　这时,莎士比亚就会前来帮他解围:"朋友霍拉旭啊,大千世界,无奇不有啊……"

　　但是假如有人以真理的名义奋起反驳他呢——那他只需重复一遍那个著名的问题:"什么是真理?"

　　因此,还是让我们开怀畅饮,尽情作乐——并且虔诚祈祷吧。

1881 年 6 月

偶　遇

（梦）

我梦见：我走在一片光秃秃的辽阔草原上，遍地布满了棱角突兀的巨石，头顶是黑压压、低沉沉的天空。

一条小路，蛇行穿过巨石之间……我沿着小路往前走，不知道自己去向何方，为何而来……

突然，在我前面细窄的小路上，出现了一个什么东西，仿佛是一片薄薄的云彩……我定睛细看：那片薄云竟变成了一个女子，身材匀称，亭亭玉立，穿着一身雪白的连衣裙，腰间束着一根亮闪闪的细带子。她脚步灵巧，行走快捷，急匆匆离我而去。

我没有看见她的面容，甚至连她的头发都没有看见：一块波浪形花纹的薄纱头巾遮住了它们；但我整个灵魂已紧随她飞飘而去。我觉得她如花似玉、冰清玉洁、温情脉脉……我一定要追上她，看一看她那张脸……那双眼睛……哦，对啊！我希望看见，并且必须看见那双眼睛。

然而，不管我怎样快步紧赶，她总是走得比我更迅捷——于是，我始终没有追上她。

可是，就在这时，小路当中横亘着一块扁平的巨石……它挡住了她的去路。女子在巨石面前停住了脚步……于是我抢步上前，浑身瑟瑟发抖，由于喜出望外和望眼欲穿，也多多少少由于惴惴不安。

我什么话都没有说,她却静幽幽地朝我转过身来⋯⋯

不过我仍旧没有看见她的眼睛。它们正紧闭着呢。

她的脸是白莹莹的⋯⋯像她身上的衣裙一样白莹莹的;裸露在外的两只手臂,一动不动地垂着。她从头到脚仿佛变成了一块石头;这个女子的整个身躯,脸上的每一根线条,都特像一尊大理石雕像。

她缓缓地直挺挺地向后仰下去,倒在平溜溜的石板上。

于是我也马上和她并排躺着,仰面朝天,全身挺直,宛如墓石上的雕像。我的一双手祈祷一般叠在胸前,而且,我感到,我也变成了一块石头。

过了不多一会儿⋯⋯那女子突然站起身来,然后离我而去。我想飞跑去追她,但我却丝毫不能动弹,叠在胸前的一双手怎么也无法分开,只能眼睁睁望着她远去的背影,心海里升腾起千般懊恼万分惆怅。

这时,她突然回过头来——于是我看见了她神采奕奕、表情丰富的脸上那双亮闪闪的眼睛。她用那双眼睛凝望着我,并且,张口嫣然一笑⋯⋯不过是无声地。似乎在说:"起来,上我这里来!"

可是,我却依然丝毫不能动弹。

这时,她再次嫣然一笑,然后乐悠悠地摇着脑袋,急匆匆地远去了。突然间,她的头上出现了一顶用小玫瑰花编成的红艳艳的花冠。

可我还是一动不动、有口难言地躺在我的墓石上。

1878 年 2 月

我怜悯……

　　我怜悯自己,怜悯他人,怜悯所有的人;怜悯走兽,怜悯飞禽……怜悯一切有生命的东西。

　　我怜悯儿童和老人、不幸者和幸运者……怜悯幸运者远胜于怜悯不幸者。

　　我怜悯那些无往不胜、踌躇满志的领袖,怜悯那些伟大的艺术家、思想家、诗人。

　　我怜悯杀人凶手及其受害者,怜悯丑与美,怜悯被压迫者和压迫者。

　　我该怎样从这弥天漫地的怜悯中解放出来呢? 它已搞得我没法生活了……

　　它——还得加上一个寂寞。

　　啊,寂寞,寂寞,它已与怜悯水乳交融了! 至此,一个人的愁苦已无以复加了!

　　我倒不如去羡慕吧……

　　真的!

　　于是,我就羡慕——石头。

1878 年 2 月

无　巢

我到何处安身?我该如何是好?我恰似一只无巢可栖的孤零零的小鸟……它挓挲着羽毛,垂头丧气地站在一根光秃秃的树枝上。留下来吧,实在腻烦……可又能飞往何处呢?

于是,它张开自己的翅膀——箭一般飞速直射远方,宛若一只被鹞鹰惊起的鸽子。能否在什么地方找到一个绿茵茵、稳当当的栖身角落,能否在什么地方构筑一个哪怕是临时性的小巢呢?

小鸟飞呀,飞呀,聚精会神地注视着下方。

它的下面,是一片黄苍苍的荒漠,无声无息,毫无动静,死气沉沉。

小鸟急匆匆地加速飞行,飞过了荒漠——仍旧注视着下方,全神贯注而又愁眉不展。

它的下面,是一片黄腾腾的汪洋大海,了无生气,像荒漠一样。不错,它在起劲喧哗,澎湃汹涌——但在它那永无休止的隆隆轰鸣声中,在它那千篇一律的澎湃汹涌中,仍然没有生命,也找不到栖身之所。

可怜的小鸟已经精疲力竭……翅膀的扇动渐渐无力;它已经飞得忽高忽低。它真想直冲云霄……但在这茫无边际的空虚中又怎能筑巢!

　　它终于收拢了翅膀……然后,长长地哀鸣了一声,便坠入大海。

　　浪涛吞没了它……又滚滚向前,依旧毫无意义地喧嚣着。

　　我究竟该到何方去栖身呢? 莫非我也到了——该坠海的时候?

1878 年 **1** 月

高脚大酒杯

我觉得可笑……而且,我对自己感到惊异。

我的忧伤绝非故弄玄虚,我的的确确活得很沉重,我忧心忡忡,日坐愁城。然而,我却极力给我的感情增添一点亮丽的光彩,披上一件华美的外衣,我寻找着形象和比喻;我精心推敲、反复修饰自己的语言,陶醉在音调铿锵、字字珠玑之中。

我,就像一个雕刻家,就像一个首饰匠,成天不停地精雕细刻,千方百计地修饰美化那只高脚大酒杯,而我正是用这只酒杯给自己端上满杯的毒药。

1878 年 1 月

谁的过错?

她向我伸出一只软乎乎、白生生的手……而我却冷冰冰、凶狠狠地将它一把推开。

那张年轻而可爱的脸上露出大惑不解的神情;一双年轻而善良的眼睛带着责备的意味凝望着我;那颗年轻而纯洁的心灵无法理解我的举动。

"我错在哪里?"她轻轻启唇,喃喃地说。

"你错在哪里?可以说那些住在最金碧辉煌的天堂深处的最光辉灿烂的天使犯了错,也不能说你有过错啊。然而,你在我面前所犯的过错仍然十分重大。你想要了解它吗?这个重大的过错,这个你无法理解而我又无力给你说清的过错?

"这个过错就是:你——正当青春妙龄;我——已是风烛残年。"

1878 年 1 月

和谁争论……

和比你聪明的人争论:他定会战胜你……然而,你正好可以从你的失败中汲取对自己有益的东西。

和智力相当的人争论:无论哪一方获胜——你至少体会到了斗争的乐趣。

和智力极差的人争论:这种争论绝非出于获胜的愿望;但你却可以使他大获裨益。

你甚至可以去和傻瓜争论:尽管你得不到荣誉,也没什么好处;但为什么不偶尔寻点开心呢?

然而,你千万别和弗拉基米尔·斯塔索夫争论!

1878 年 6 月

我在崇山峻岭之间徜徉……

我在崇山峻岭之间徜徉，
沿着清溪，沿着山谷……
不管我的双眼望向何方，
万物都把同一件事向我讲述：
我曾被爱过，我曾被爱过！
其余的一切全都在记忆中湮没！

头顶的天空放射出万道金光，
树叶沙沙作响，鸟儿啾啾鸣唱……
连乌云也顽皮地排列成行
兴高采烈地飞向他方……
周围的一切都幸福洋溢，
但幸福却并非心灵所希冀。

卷我飞驰，卷我飞驰的是波翻浪腾，
像海涛一样茫茫无边的汪洋！
心灵却氤氲着一片宁静
飘升在欢乐和痛苦之上……
我几乎认不清我自己：

整个世界都与我合而为一！

为什么我不在那时死去？
为什么我俩后来还要活在人世？
急景流年……日复一日——
岁月没有给我们留下任何赠予，
较之那些逝去的愚蠢安闲的日子，
我们应生活得更加幸福更加甜蜜。

1878 年 **11** 月

当我不在人世的时候……

　　当我不在人世的时候，当曾经属于我的一切云消雾散的时候——哦，你，我唯一的朋友，哦，你，我曾一往情深、柔情似水地爱过的友人，你，也许比我活得长久——请千万别到我的墓地去……你在那里无事可做。

　　请别忘了我……但也别在每天的操劳、欢乐和困苦中怀念我……我不想打扰你的生活，不想扰乱它那平静的水流。

　　不过，在孤身一人的时候，当两颗善良的心灵都那么熟悉的那种羞羞答答而又毫无来由的忧伤，袭上你心头的时候，请你拿起我们喜爱的那堆书籍中的一本，找到那几页、那几行、那几句吧——你还记得吗？我俩常常读了之后，一同默默地洒下甜蜜的潸潸眼泪。

　　请你读完它，闭上双眼，然后把一只手伸给我……把你的一只手伸给一位魂归天国的朋友。

　　我将无法再用自己的手去握住它——我的手将一动不动地安卧在九泉之下……但我现在快慰地想到，也许，你会在你的手上感觉到轻柔的抚摸。

　　于是，我的形象就会浮现在你眼前——随后你那双紧闭的双眼就将珠泪滚滚，一如我们从前被美所感动而滚下的珠泪。哦,你,我唯一的朋友啊,哦,你,我曾一往情深、柔情似水地爱过的友人!

1878 年 12 月

沙　漏

时光一天天不留痕迹地流逝了，单调乏味，风驰电掣。

生命星流影集一般向前飞驰——转眼即逝，无声无息，宛如落为瀑布之前的那一段湍急的河流。

它均匀而平稳地散落，仿若骷髅状的死神那只瘦伶伶的手中握着的沙漏里的沙流。

当我躺在床上，而黑暗从四面八方将我紧紧围裹的时候——我似乎常常听到生命流逝的这种若有若无、连续不断的沙沙声。

我并不惋惜生命的流逝，也不惋惜那些我本可以完成的事情……我感到不寒而栗。

我仿佛感到，那具僵硬的骷髅就站在我的床边……一只手拿着沙漏，另一只手已举到我的胸口上方……

于是，我的心在胸膛里瑟瑟颤抖，忐忑撞击，仿佛想匆匆忙忙完成它最后的几次搏动。

1878 年 12 月

我夜里起来……

我夜里从床上起来……我似乎听到有人在喊我的名字……就在那边,在黑乎乎的窗外。我把脸贴近窗玻璃,又把耳朵紧贴在上面,凝神注视——也开始等待。

然而,在那边,在窗子外面,只有树木在沙沙作响——声音单调而模糊,还有绵绵不断的黑蒙蒙的云彩,虽然在不停地移动,不断地变幻,却仍然是黑蒙蒙的一片……

天空中没有一颗星星,地面上没有一粒火光。

那边寂寞无聊,痛苦难熬……恰似这里,我的心田。

但是突然远处某个地方传来一个凄凄惨惨的声音,这声音越来越大,越来越近,清脆得就像人的声音——然后,又渐渐减弱,近乎静寂,从旁边飞掠过去。

"别了!别了!"我仿佛听到那近乎静寂的声音在说。

唉!这是我以往的一切,我全部的幸福,曾经珍惜过热爱过的一切,一切——在和我作天长地久、一去不复返的告别!我向我那飞逝而去的生命躬身行礼——然后躺到床上,好似躺在坟墓里。

唉,如果真躺进坟墓,那该多好!

1879 年 6 月

散文随笔

幽　会

　　九月中旬的一个秋日,我坐在一片白桦林里。从清早就
开始断断续续地下着毛毛细雨,有时又代之以暖柔柔或亮
灿灿的阳光;这是个变幻不定的天气。漫漫长空时而整个
儿布满了蓬松松的白云, 时而有几处地方突然间纤云不
染, 于是从散开的云彩中露出一汪清澈而可爱的蓝天,恰
似一只美丽的眼睛。我静坐着,向四周眺望着,倾听着。树
叶在我头上轻轻地簌簌作响;光凭这些簌簌的响声,就可
以知道现在是什么季节。这不是春天那种喜气洋洋的欢声
笑语,也不是夏天那种温柔的窃窃私语、绵长的絮絮叨叨,
也不是深秋那种怯生生、冷冰冰的嘟嘟哝哝,而是一种隐
约可闻、睡意蒙眬的喃喃低语。微风轻轻地拂过树梢。被雨
水淋得湿漉漉的树林深处,随着太阳金光灿灿或者天空浓
云密布而不断变换颜色。它时而到处都亮闪闪的,仿佛其
中的一切都突然绽开了笑脸:不太茂密的白桦树的苗条树
干,蓦地泛出白绸一般的柔光,落在地上的细碎树叶倏然
变得五彩缤纷,并且像赤金那样金光闪闪;而高大繁茂的
蕨类植物那美丽的长茎,已经染上了熟透的葡萄一般的秋
色;这些长茎晶莹透亮,在眼前没完没了地相互绞缠,无尽
无休地彼此交错。时而四周的一切又变得青幽幽的:亮丽

的色彩转眼间消失了,白桦树全都笔直地站着,没有了光彩,白得就像刚刚落下、还没有接触过冬日寒冷阳光的新雪;接着树林里又悄悄地、顽皮地下起了霏霏细雨,发出一片沙沙的响声。

白桦树上的叶子虽然明显地变淡了一些,但几乎全部都还是绿莹莹的;只是这里那里偶尔长着那么一棵幼小的白桦,树叶儿全都红澄澄的,或者全都金灿灿的。于是你可以看到,当阳光突然穿过云层直射下来,透过刚被晶莹的雨水冲洗过的稠密如网的细枝,如飞一般滑过,七彩闪烁的时候,这棵幼树在阳光中就像一团金灿灿的燃烧的火。听不到任何一只鸟儿的歌声:鸟儿们全都躲进窝里,一声不响了;只是偶尔传来一声山雀的鸣叫,声音像小铁铃一般,而且富有嘲弄意味。我来这片白桦林逗留前,曾带着狗穿过一片高高的白杨林。我承认,我不太喜欢这种树——白杨树,不太喜欢它那淡紫色的树干和那些灰绿色的金属般的叶子,它们尽其所能高耸云端,像一把颤悠悠的扇子伸展在空中;我不喜欢那些笨拙地挂在长叶柄上的零乱圆叶永无休止地摇曳。只是在那么一些夏日傍晚,白杨树才是美丽动人的:它孤零零地高高耸立在低矮的灌木丛中,沐浴着落日红艳艳的光辉,闪闪发亮,簌簌震颤,从根部到顶梢都洒满了清一色的金红——或者,在天朗气清、微风轻拂的日子里,它整个儿在蓝晶晶的天空里簌簌摇曳,喃喃细语,它的每一片叶子都激情满怀,迫不及待,仿佛都想挣脱树枝,凌空飞起,并且疾飞到远方。不过,总的来说,我不喜欢这种树,因此,我没在白杨树林里休憩,而是吃力地走到白桦树林里,栖身在一棵小白桦树下。这棵树的枝叶低低地覆盖着地面,因而可以给我遮雨。我欣赏了一番周围的景色之后,便进入了宁静而温柔的梦乡,这种甜美的滋味只有猎人才能体会到。

我不知道我睡了多久,然而当我睁开双眼——整个树林里面充满了阳光,透过兴高采烈的喧闹着的树叶,到处可见蓝莹莹的天空通明透亮,闪闪发光;浓云被劲吹的大风驱散,无影无踪了;天气晴朗,空气中有一种特别的、干爽的清新,让人心里骤然间朝气蓬勃,并且几乎总是能够预示整日阴雨之后会有一个宁静、晴朗的夜晚。我正准备站起身来,再去碰碰运气,突然一个一动不动的人影吸引了我的视线。我定睛一看,那是一个年轻的农家姑娘。她坐在离我二十步远的地方,若有所思地低着头,一双手无力地垂放在膝盖上;其中一只半张开的手上,放着一束繁茂的野花,这束花随着她的每一次呼吸,悄无声息地滑到了她的方格花裙子上。她身穿一件洁白精致的衬衫,领口和袖口都扣着纽扣,在腰部显现出许多柔和的短短皱褶;大粒的黄色珠串绕成两圈,从脖子上挂到胸前。她长得很漂亮。一头浓密的金发,带点十分好看的浅灰色,精心地分梳成两个半圆形,用一根鲜红的窄窄发带紧紧束住,发带束得很低,几乎压到象牙那样白莹莹的前额上;脸庞的其他部分,被晒成一种金黄的黝黑色,只有细嫩的皮肤才会晒成这种颜色。我无法看见她的眼睛——她没有抬起头来。但我清清楚楚地看见了她那高高的细细的眉毛,她那长长的睫毛湿润柔和;而且,在她的一边脸颊上有干了的泪痕在阳光下闪闪发亮,这泪痕一直滑到略显苍白的唇边。她整个头部都很可爱;即便是稍稍大了一点的圆鼻子也丝毫无损于它的可爱。我特别喜欢她脸部的表情:它是如此纯朴而温柔,如此忧伤,又如此对自己的忧伤满怀稚气的困惑。她显然是在等某个人。树林里传来了轻轻的窸窣声——她立即抬起头来,四处张望。于是在透明的阴影里,她那双像小鹿一样怯生生、亮汪汪的大眼睛,飞快地在我面前骨碌碌一闪。她睁着圆亮亮的眼睛,紧盯着发出轻轻窸窣声的地方,凝神细听了一会,长叹一声,轻轻转回头来,更低地俯下身子,开始轻轻地抚弄起野花来。她的眼睑发红,嘴唇痛苦地颤动着,又有新的泪珠从浓密的睫毛下滑出来,停留在脸颊上,熠熠发亮。就这样过了很长时间;可怜的姑娘一动不动地坐着,只是偶尔愁戚戚地摆一摆手,她凝神细听着,一直凝神细听着……树林里又响起了什么声音——她的身子猝然一抖。响声没有停息,而且越来越清晰,越来越近,终于变成了坚定、敏捷的脚步声。她挺直身子,又似乎胆怯起来。她那专注的目光颤抖起来,腾炽起一片期待。密林中迅速闪现出一个男子的身影。她凝神一看,脸腾地涨得通红,快乐而幸福地笑了,想站起身来,又立即深深低下头去,脸色苍白,羞窘不堪——直到那个男子站到她身边,她才抬起慌乱的、几乎是哀求的目光望着他。

我从自己的隐蔽之处,好奇地看着他。说实话,他没有给我留下什么好印象。这个人,从种种迹象来看,是家财万贯的青年地主家娇宠惯了的侍仆。他的衣着显露了他追逐时尚的热望,并且有一种时髦的散漫;他穿着一件古铜色的短大衣,纽扣一直扣到领口,大概这是从主人身上脱下来的;系着一条两端淡紫的粉红色领带,戴着一顶镶金边的黑天鹅绒便帽,帽檐直压到眉毛上。

他那件白衬衫的圆领硬邦邦地顶着他的双耳,划着他的两颊,而浆硬的袖口遮住了他的整个手掌,只露出红润、弯曲的手指头,指头上戴着几只镶有绿松石勿忘草的银戒指和金戒指。他红光满面,油光发亮,厚颜无耻。他这种脸型,据我观察,属于这样一种类型:几乎总是让男人们感到恶心,然而遗憾的是,却常常深得女人们的欢心。他显然极力在自己那有点粗鲁的面容上,装出一副不屑一顾、郁郁寡欢的神情;他不断眯缝起他那双本来就很小的灰白色眼睛,紧皱双眉,垂下嘴角,不自然地打着呵欠,并且摆出一副漫不经心然而颇为笨拙的放肆姿态,时而理一理神气的卷曲着的火红色鬓角,时而捻一捻丛立在厚实的上嘴唇上的黄胡髭——总之,装腔作势得令人作呕。他一看见正在等他的年轻农家姑娘,就装模作样起来。他慢腾腾地迈着方步走到她身边,站了一会儿,耸一耸肩,把一双手插进大衣口袋里,同时勉勉强强赏给可怜的姑娘快如闪电的冷漠一瞥,便坐到地上。

“怎么,”他开口说道,继续看着别的地方,摇晃着一条腿,打着呵欠,“你在这里很久了吗?”

姑娘没能立即回答他。

“很久了,维克多·亚历山德雷奇。”她终于开口了,声音低得刚能听见。

“啊!”他摘下帽子,神气活现地用手抚一抚几乎是从眉毛边开始的卷得紧紧的浓密头发,派头十足地环顾了一下四周,又小心翼翼地把帽子轻轻戴在自己宝贵的脑袋上,“可我却忘得干干净净了。而且,你瞧,还下着雨呢!”他又打了个呵欠，“事情多如牛毛，没法照顾到每一件啊，就这样还要挨老爷的骂呐。我们明天动身……”

“明天？”姑娘说着，朝他投去惊慌失措的目光。

“明天……唔，唔，唔，别哭啦！”他看到她浑身颤抖，悄悄地低着头，就赶忙懊恼地说，“好啦，阿库林娜，别哭了！你知道，我受不了这个。”于是他皱了皱自己的圆鼻子，“要不然我马上就离开……真是蠢到家了——抽抽噎噎地哭！”

“唔，我不哭，我不哭。”阿库林娜赶紧说，极力忍住眼泪。“那么您明天就动身了？”她稍稍沉默了一会，又追问了一句，“那什么时候上帝再让我跟您见面呢，维克多·亚历山德雷奇？”

“会见面的，我们会见面的。不是明年——就是以后。老爷呢，看来，是想到彼得堡去做官。”他继续漫不经心地略带鼻音说，“但很可能，我们还会到外国去。”

“您会忘掉我的，维克多·亚历山德雷奇。”阿库林娜愁悒悒地说。

“不，怎么会呢！我不会忘记你的。只是你要聪明点，别傻里傻气，要听你父亲的话……而我是不会忘记你的——绝不会。”于是他若无其事地伸了个懒腰，又打了个呵欠。

“请您别忘了我呀，维克多·亚历山德雷奇！”她用恳求的声音继续说，“我真是太爱您了，我的一切都可以完全献给您……您说，我要听父亲的话，维克多·亚历山德雷奇……可我怎么能听父亲的话呢……”

“那么，为什么呢？”他仰天躺着，双手垫在脑后，这句话仿佛是从肚子里发出来的。

"我怎么能听呢，维克多·亚历山德雷奇？您自己知道的……"

她闷声不响了。维克多玩弄着他那只怀表上的小钢链。

"你，阿库林娜，不是一个傻姑娘，"他终于开口了，"所以别说傻话。我这是希望你好，你领会我的意思吗？当然，你不傻，可以这样说，你还不是一个十足的乡巴佬，你的母亲也并不一直是个乡巴佬。可你毕竟没有文化——所以，别人对你说什么，你就应该听话。"

"这太可怕了，维克多·亚历山德雷奇。"

"咦——咦，真是胡言乱语，我亲爱的，有什么可怕的！你这是什么？"他又说，让身子靠她更近些，"花吗？"

"是花，"阿库林娜垂头丧气地回答，"这是我采来的野艾菊，"她稍稍来了点兴致，继续说道，"这是牛崽很爱吃的。而这个就是鬼针草了——能够治瘰疬。您瞧瞧，这是多么好看的花呀；这样好看的花我有生以来还从没见过呢。这是勿忘草，这是香堇菜……而这是我送给您的，"她说着，从金灿灿的野艾菊底下拿出一小束用细草扎好的蓝莹莹的矢车菊，"您要吗？"

维克多懒洋洋地伸出一只手，接过花来，心不在焉地闻了一下，然后开始用手指转动花束，装出一副若有所思的高傲神态，不时抬头望天。阿库林娜望着他……她那忧伤的目光里，饱含着那么多温柔的忠诚、虔敬的顺从和爱情。她又有点怕他，又不敢哭，又要跟他告别，又要最后一次好好看他；而他呢，却像苏丹那样，摊开手脚，一味懒洋洋地躺着，并且以宽仁大度的耐心和俯就，忍受她的膜拜。说实话，看着他那张红彤彤的脸，我不禁怒火中烧，这张脸上，

— 79 —

透过装腔作势的轻蔑和冷漠表情,流露出一种踌躇满志而又感到腻烦的自负神态。在这一瞬间,阿库林娜是如此美丽可爱:她敬若神明、满怀激情地对他敞开了整个心扉,对他依依不舍,万般爱恋,而他……他把矢车菊扔到草地上,从大衣的侧袋里掏出一片镶着铜边的小圆玻璃,开始极力把它装到眼睛上去;但是,无论他怎样费劲地皱紧眉毛、耸起脸颊甚至翘起鼻子,想把小镜片夹住——这小镜片还是滑落下来,掉进了他手里。

"这是什么?"阿库林娜大感惊奇,终于问他。

"单眼镜。"他得意扬扬地说。

"用来做什么?"

"戴上它看得更清楚。"

"请给我看看吧。"

维克多皱起了眉头,但还是把单眼镜递给了她。

"别打碎了,当心点。"

"放心吧,我不会打碎的,"她小心翼翼地把它贴到眼前,"我什么都看不见。"她天真地说。

"你得把那只眼睛眯起来呀!"他像不满意的老师那样教训道。(她眯起了贴着眼镜片的那只眼睛。)"怎么会是这只呢?不是这只,傻妞!是另外一只!"维克多高喊起来,并且根本不等她改正错误,就从她手里一把夺过了眼镜片。

阿库林娜满脸通红,微微一笑,扭过头去。

"可见,我不配用它。"她说。

"那还用说!"

可怜的姑娘沉默了一会,深深地叹了口气。

"唉,维克多·亚历山德雷奇,没有您,我可怎么活呀!"

她突然说。

维克多用大衣的前襟擦了擦单眼镜，又把它放回口袋里。

"是啊，是啊，"他终于开口说话了，"最初你会非常难受，这是在所难免的。"他以一种俯体下倾的姿态拍拍她的肩膀。她轻柔柔地从自己肩膀上捧起他的手，羞怯怯地吻了一吻。"唔，是啊，是啊，你确实是个好姑娘。"他自鸣得意地笑了笑，继续说道，"但是，又有什么办法呢？你自己想想看！我和老爷毕竟不能留在这里呀；现在快到冬天了，而在乡下过冬天——你自己也知道——那真是糟糕透顶！在彼得堡那就大不一样了！那里简直妙极了，你这傻妞就是做梦也无法想象得到啊！多漂亮的房子、街道，还有社交、文明——简直让你万分惊奇！……（阿库林娜像孩子一般，微微张开嘴，贪婪地聚精会神地听着他说。）其实，"他在地上翻了个身后，补充说，"我干吗跟你说这些呢？反正你不会明白的。"

"为什么不说呢，维克多·亚历山德雷奇？我明白的，我什么都明白。"

"瞧你多能啊！"

阿库林娜低下了头。

"您以前可不是这样跟我说话的，维克多·亚历山德雷奇。"她说，不敢抬起头来。

"以前？……以前！瞧你！……以前！"他似乎怒气冲冲地说。

他们两人都一声不吭了。

"我可是该走了。"维克多说完，已经用胳膊肘撑起了身子……

"再等一会儿吧！"阿库林娜用哀求的声音说。

"等什么？……要知道，我已经跟你告过别了。"

"再等一会吧！"阿库林娜再次哀求。

维克多又躺在地上，并且吹起了口哨。阿库林娜的眼睛一直直勾勾地望着他。我看得出来，她渐渐激动起来了：她的双唇颤抖着，她那苍白的脸颊开始红了起来……

"维克多·亚历山德雷奇，"终于，她断断续续地说起来了，"您太狠心了……您太狠心了，维克多·亚历山德雷奇，真的！"

"怎么太狠心了？"他皱紧双眉问道，并且稍稍抬起头来转脸望着她。

"您太狠心了，维克多·亚历山德雷奇！分别的时候，您哪怕对我说句好话也行啊；哪怕对我这个无依无靠的苦命人说上一句话也好啊……"

"可我对你说什么呢？"

"我不知道；这您知道得更清楚，维克多·亚历山德雷奇。您这就要走了，哪怕说一句话也行啊……为什么我要受这种惩罚呢？"

"你这人真是莫名其妙！我又能说什么呢？"

"哪怕说一句话也好啊……"

"哼，总是老调重弹。"他悻悻地说，并且站起身来。

"您别生气，维克多·亚历山德雷奇。"她强忍住眼泪，赶紧说道。

"我不生气，只是你太傻了……你想要什么呢？你可知道，我不可能跟你结婚？你可知道，我不可能吗？唔，那你到底还想要什么呢？还想要什么呢？"他直勾勾地望着她，似乎在等她的回答,同时叉开了五指。

"我什么……什么也不想要,"她结结巴巴地回答道,并且勉强壮起胆子把一双抖颤颤的手伸给他,"临别的时候,只要您哪怕说上一句话也好啊……"

接着,眼泪便像溪水一样哗哗向下流淌。

"哼,又是老一套,还哭起来了。"维克多把帽子从后面往前推压到眼睛上,冷冰冰地说。

"我什么也不想要,"她双手捂住脸,抽泣着继续说道,"可是往后叫我在家里到底怎么办呢? 到底怎么办呢? 我将来到底会碰到什么呢? 我这苦命人将来会怎样呢? 他们会把我这个无依无靠的人嫁给我不喜欢的人……我真是命苦到了极点啊!"

"呱呱不休,呱呱不休!"维克多在原地徘徊着,小声嘟哝着。

"可他哪怕说一句话也好啊,哪怕只说一句……就说,阿库林娜,就说,我……"

猛然迸发的撕心裂肺的号啕大哭使她无法再说下去——她扑倒在草地上,涕泗交流、呼天抢地地痛哭起来……她的整个身子不停地抽搐着,她的后脑勺不时起伏着……压抑了很久的痛苦终于像急流一般汹涌而出。维克多在她身边站了一会儿,稍等了片刻,就耸耸肩膀,转过身子,迈开大步,扬长而去了。

过了一会儿……她安静下来,抬起头,一跃而起,向四周望了一望,举起两手轻轻一拍;她本想飞奔去追他,可她两腿发软——跪到了地上……我再也忍不住了,就向她直奔过去;但她刚一看见我,突然不知从哪里来的力气——

轻轻惊呼了一声,站起身来,消失在树林深处,只留下撒得满地的各种野花。

我站了一会儿,捡起那束矢车菊,走出密林,来到田野上。太阳低垂在白亮亮的天空里,它的光线也似乎变得暗淡,而且寒气袭人;它们失去了光华和力量,扩散成一种均匀的、几乎是无色的光流。离傍晚不到半个钟头了,可是晚霞刚刚开始燃烧。一阵一阵的风,疾驰过黄燎燎、干枯枯的麦茬地,飞快地向我迎面吹来;一片片萎缩卷曲的小叶子,在风中腾地疾飞起来,从旁边疾飞过大路,贴着树林边缘飘飞;田野对面墙一般的密林整个儿颤抖着,腾跃着一星星细碎的闪光,清清楚楚,但不耀眼;在红瑟瑟的草上,在草茎上、在麦秸上,触目尽是秋天的蛛网,在起伏波动,在闪闪烁烁。我停住脚步……忧伤袭上我的心头;透过渐趋凋零的大自然那虽然清新但颇为悲凉的笑容,似乎可以感到冬天那可怕的凄凉正在悄悄逼近。一只小心翼翼的乌鸦,扑开双翅,沉重而剧烈地拍打着空气,从我头顶高高地飞过,回过头来斜眼看了看我,接着就向上飞去,断断续续地哇哇叫着,消失在树林后面;一大群鸽子调皮地从打谷场飞起,呼啦啦飞舞着绕了圆圆一大圈,急匆匆地纷纷散落在田野里——这就是秋天的特征!光秃秃的山丘后面,有人驾着大车驶过,空车哐当哐当直响……

我回到了家里;然而,不幸的阿库林娜的形象,久久地活跃在我的脑海里,她那束矢车菊,虽然早已枯萎,但我至今还珍藏着……

1850 年

贝仁家的牧场

　　这是七月里天朗气清的一个日子，这样美好的日子只有在长久持续好天气的时候才能碰到。大清早就晴空万里，朝霞不是像大火那样熊熊燃烧——它只是向四处弥散柔和的红晕。太阳——不是像热烘烘的旱天那样红灼灼、毒辣辣的，也不是像暴风雨前那样红惨惨的，而是阳光灿烂，明媚可爱——从一片狭长的云彩下静悄悄地浮出来，放射出鲜丽的光辉，又沉入淡紫色的云雾中。弥散着的长长云彩上面的细边，像蛇一样蜿蜒闪耀，发出刚刚锻造出的银子一般的亮光……

　　可是，瞧，那嬉闹的阳光又迸涌出来了——于是，又喜气洋洋，又庄严雄壮，如飞一般地升起了一个巨大的球体。临近正午，往往会出现许多圆坨坨、高袅袅的云彩，金灰金灰的，镶着软茸茸的白边。这些云彩就像一座座小岛，散布在无边无际的漫溢的河流上，周围环绕着一条条清凌凌、蓝澄澄的支流，它们几乎纹丝不动；远处，在靠近天边的地方，云彩相互靠拢，挤成一团，完全遮盖了它们中间的蓝天；然而它们本身也像天空一样蓝澄澄的，因为它们全都浸透了蓝光和高热。天边是轻袅袅的淡紫色，整天都没有什么变化，而且四周都是这样；哪儿都没有变暗，哪儿都没有雷雨在酝酿的迹象；只是有些地方从上到下悬挂着一条条蓝湛湛的带子——那是轻洒着的隐约可见的蒙蒙细雨。临近傍晚，这些云彩慢慢消失；最后一批云彩像烟雾一样黑黢黢、昏蒙蒙，在落日的反照中变成玫瑰色的烟团；在太阳静悄悄地升起又同样静悄悄地落下的地方，红彤彤的霞晖在昏暗的大地上空亮丽了不多久，太白星就像有人小心翼翼地端着走的蜡烛一样轻悄悄地颤动着在天空静静闪烁。在这样的日子里，所有的色彩都很柔和；明丽但不浓艳；一切都带有某种动人心魂的温柔意味。在这样的日子里，天气有时酷热难耐，有时原野的坡地里甚至出现"蒸闷"；但风会把积聚起来的暑热吹散、赶走，而一股股回荡的旋风——天气稳定的确凿症候——像一根根白扑扑的高柱，沿着大路飘移，又飞掠过一块块耕地。干爽而洁净的空气里，散发着野蒿、割倒的黑麦和荞麦的气味；甚至在入夜前一小时您都感觉不到一丝湿气。收割庄稼的庄稼人盼望的正是这样的天气……

正是在这样的日子里，我有一次到图拉省契尔诺斯克县去打松鸡。我找到并且打到了相当多的野味，装得满满当当的猎袋勒得我的肩膀生疼。然而，直到晚霞已经消失，空中虽然不再有夕阳残照但还光亮，凉丝丝的暮霭渐渐变浓，开始飞散，我才终于下定决心回家。我快步如飞地走过一大片长长的灌木林"广场"，爬上一座小山丘，看到的却不是我意料中的那块熟悉的平原，右边有一片橡树林，远处有一座低矮的白色教堂；而是我完全陌生、毫不认识的一个地方。一条狭窄的山谷在我的脚下伸展开去。正对面，陡壁似的耸立着一片密森森的白杨林。我困惑不解地停下脚步,四处张望……

"嗨哟!"我心想,"看来我这是完全走错路了,我走得过于偏右了。"于是,我一边为自己的错误感到惊奇,一边敏捷地走下山丘。一股令人恶心的、凝滞不动的湿气立即包围了我,我就像走进了地窖,谷底密密的高高青草全都湿漉漉的,像平铺的桌布白光闪闪,走在上面有点心惊胆战。我赶忙费劲地摆脱出来,走向另一个方向,向左拐弯,沿着白杨林前行。蝙蝠已经在白杨林沉睡的梢顶来回掠飞,在光线昏暗的天空神秘地盘旋着,颤动着;一只归晚了的小鹞鹰飞快地径直在高空飞过,赶回自己的窝里。"瞧,我只要走到那个拐角,"我暗自思量,"马上就有路了,可我却走了近一俄里的冤枉路!"

我终于走到树林的拐角,然而那里什么路都没有。一大片没有砍伐过的矮矮的灌木丛广阔地展现在我面前,而在它们后面,远远地可以看见一片荒凉的原野。我又停住脚步。"这岂非咄咄怪事?……究竟我这是在什么地方?"我开始回忆,这一天里我是怎么走的,走过哪些地方……"嗨!这不就是巴拉欣灌木林嘛!"我最后叫出声来,"对!而那儿大概就是辛杰耶夫小树林了……可我这是究竟怎么走到这里来了呢?走得这样远?……真奇怪!现在又得朝右边走了。"

我朝右边走去,穿过灌木林。此时,夜色像酝酿大雷雨的浓云一般逼近并浓厚起来;似乎随着夜色的降临,黑暗也同时从四面八方升起,甚至从高处流泻下来。我猛然发现一条人迹罕至、杂草丛生的小路。我就沿着小路往前走,一边留神地注视着前方。周围的一切很快就黑蒙蒙、静悄悄——只有鹌鹑偶尔漏出一声啼叫。

一只小小的夜鸟，轻扇着柔软的翅膀，悄悄地低低地疾飞着，几乎撞上我，赶忙胆怯地潜飞到旁边去了。我走到灌木林的边缘，沿着田塍走向田野。我已经很难分辨稍远一些的东西了——四周的田野白蒙蒙的；田野那边，阴沉沉的黑暗绵绵不断地不停升起，大团大团地追裹过来。我的脚步在凝滞的空气里踏出闷沉沉的回声。暗蒙蒙的天空又开始变得蓝汪汪的——但这已经是夜晚的蓝色了。一颗颗小星星在天空闪闪烁烁，微微颤抖。

我当初认为是小树林的，原来是个黑乎乎、圆溜溜的山冈。"究竟我这是在什么地方啊？"我又一次叫出声来。第三次停住脚步，并且疑惑地看了看自己的英国种黄斑花狗吉安卡——这公认的四脚动物中最聪明的动物。然而这最聪明的四脚动物只是摇着尾巴，闷闷不乐地眨巴着疲倦的眼睛，没有给我任何切实可用的意见。在它面前，我感到惭愧起来，于是我放肆地飞奔向前，仿佛突然间清楚了应该往哪儿走。我绕过山冈，不知不觉走进了一片不太深的、周围翻耕过的凹地。一种奇怪的感觉立刻控制了我。这片凹地就像一口名副其实的四边平斜的大锅；它的底部矗立着几块白闪闪的巨石——它们仿佛是爬到这儿来秘密会谈似的。凹地里是如此静寥死沉，高悬其上的天空是如此平板板、愁郁郁，竟使得我的心都紧缩起来。一只小野兽在巨石间弱怯怯、悲戚戚地尖叫了一声，我赶忙转身跑上山冈。在此之前，我一直对找到回家的路满怀希望。但此时此刻，我终于确信我完全迷了路，于是丝毫不再试图辨认周围一些几乎已完全被黑暗遮没的地方，不顾一切地就着星光，笔直前行……我艰难地拖着两条腿,就这样走了大约半个小时。我感觉有生以来从未到过如此荒凉的地方:什么地方都看不见一星火光,也听不到一丝响声。一个坡平的山冈紧接着另一个坡平的山冈,原野后面又是绵绵无尽的原野,一片片灌木丛好像突然从地里冒出来,直竖在我的鼻子前面。我继续走着,已经拿定主意,找个地方直躺到天亮,突然却走到一个深渊边上。

我赶忙缩回已经跨出去的一只脚,透过微微透明的朦胧夜色,远远看见下面有一片大平原。一条宽阔的河流呈半圆形环绕着平原向前流去;河水那银灰色的反光,不时模模糊糊地闪烁,显露出河水的流向。我登上的山冈突然像悬崖那样垂下;它那巨大的轮廓黑突突的,在湛蓝的夜空中显得格外抢眼。就在我脚下,在这悬崖和平原所形成的角落里,在流经此处便像一面静凝的、黑亮的镜子般的河流旁边,在山冈的峭壁下面,有两堆挨得很近的火,喷发出红彤彤的火焰,冒着烟。火堆周围蠕动、晃荡着几个人影,不时清晰地映出一个鬈发的小脑袋的前半面……

我终于认出了我来到的地方,这片草地叫作贝仁家的牧场,是我们附近这一带著名的地方……然而,回家是完全不可能了,尤其是在深夜;我的两腿已经累得发软。我决定走到火堆边,加入我当成牲口贩子的那伙人,跟他们一起等到天亮。我顺利地来到下面,但还没来得及放开手里抓住的最后一根树枝,突然两只白闪闪、毛蓬蓬的大狗恶狠狠地吠叫着朝我猛扑过来。火堆周围响起孩子们脆生生的声音,两三个男孩子飞快地从地上站起来。我回答了他们大声的发问。他们跑到我身边,立即唤住对我的吉安卡的出现大吃一惊的两只狗。于是我也走到他们跟前。

我错了，竟把围坐在火堆旁边的人当成牲口贩子。这不过是邻近村子里看守马群的几个农家孩子。在热烘烘的夏季，我们这里经常在夜里把马儿赶出去，在原野上吃草，因为白天苍蝇和牛虻老是搅扰它们的安宁。晚霞中把马群赶出去，朝霞里把马群赶回来——对农家孩子来说，这是心花怒放的大喜事。他们不戴帽子，穿着老旧的短皮袄，骑着最麻利的小驽马向前飞奔，欢天喜地地吆喝着、喊叫着，挥舞着胳膊，晃荡着两腿，高高地一颠一纵，响亮地哈哈大笑。薄轻轻的尘埃像黄乎乎的柱子直竖起来，沿着大路奔驰；马群竖起耳朵疾奔着，齐刷刷的马蹄声传向远方；冲在最前面的那匹鬃毛很长的枣红马，竖起尾巴，不停地变换着步伐，乱蓬蓬的鬃毛上沾满了牛蒡种子。

我对孩子们说，我迷路了，接着就挨着他们坐下来。他们问我是从哪里来的；又沉默了一会，就往旁边让出点地方来。我们稍稍聊了一会。我就躺到一棵叶子被啃光的小灌木底下，开始打量起四周来。好一片奇妙景象：火堆周围有一个圆乎乎、红丝丝的光圈在颤动着，接着似乎被黑暗顶住，而凝滞不动；火焰熊熊，时而向光圈周围投射匆促的反光；细袅袅的光舌舔一舔光秃秃的柳树枝条，一下子又消踪匿形了——一个个浓黑的、长长的影子刹那间突然闯入，一直冲到火堆上：黑暗与光明展开了搏斗。有时当火势较弱而光圈缩小的时候，在遮逼过来的黑暗中忽然探出一个马头来，长着弯弯的白鼻梁的枣红色的，或者纯白的，一面灵巧地嚼着长长的青草，一面凝神呆呆望着我们，接着又低下头去，立即不见了。只听得到它在继续嚼草，并打着响鼻。从光亮处很难看清黑暗中的情形,因为附近的一切都仿佛蒙上一层近乎黑色的帷幕;然而在靠近天边的远处,隐约可见山冈和树林长长的斑影。黑漫漫、清湛湛的天空,带着它那神秘无比的壮丽,庄严雄伟、高远无极地悬挂在我们头上。呼吸着这醉醺醺、鲜滋滋的特殊气味——俄罗斯夏夜的气味,胸中的甜蜜阵阵潮涌。四周几乎听不到一点喧哗声……只是有时近处的河里传来大鱼突然击浪的哗啦声,岸边的芦苇被漫过来的波浪轻轻摇漾而发出的细细沙沙声……只有火堆静悄悄地毕毕剥剥燃烧着。

孩子们围坐在火堆旁,曾经那么想吃掉我的两条狗也坐在这里。它们对于我的加入仍然不能容忍,睡意蒙眬地眯着眼睛,斜睨着火堆,时而带着非同寻常的自尊感威风地呜呜几声——先是呜呜吼叫,后来是尖声轻噪,好像在惋惜自己的意图无法实现。孩子们一共有五个人:费佳、巴夫路沙、伊柳沙、科斯佳和瓦尼亚。(我是从他们的谈话中知道他们的名字的,现在我就把他们介绍给读者吧。)

第一个,年纪最大的,是费佳,看上去约莫十四岁。这是一个身材匀称的男孩子,外貌俊美,五官清秀而略显小巧,长着一头黄色的鬈发,一双亮汪汪的眼睛,总是露出一半是快活、一半是漫不经心的微笑。各个方面都显示出,他是来自富裕家庭的孩子,他来到原野上并不是生活的需要,而只是为了好玩。他穿着一件花绿的镶黄边印花布衬衫;一件崭新的厚呢小上衣,勉勉强强披在他那窄窄的肩膀上;蓝色的腰带上挂着一把小梳子。他穿的那双正好合脚的短筒皮鞋——肯定不是父亲的。第二个男孩巴夫路沙,头发乱蓬蓬、黑油油的,眼睛灰灰的,颧骨宽宽的,脸庞苍白而有麻点,嘴巴很大,但很端正,整个头部很大,就像人们常说的啤酒锅,身体矮墩墩、笨乎乎的。小家伙并不好看——这是毫无疑问的!但我还是喜欢他,他看上去聪明而爽直,而且他的声音里流露出一种力量。他没法讲究衣着,他全身穿的不过是普通的麻布衬衫和打满补丁的裤子。第三个男孩伊柳沙,外貌相当平凡:鹰钩鼻子,长长的脸孔,眼睛高度近视,脸上流露出一种迟钝的、病态的忧虑神情;他那紧闭的双唇一动也不动,紧蹙的双眉也不舒展开——他似乎怕火而一直眯缝着双眼。他那黄得接近于白色的头发,一小绺一小绺地从压得很低的呢毡帽下面起劲地往外突翘,他只好时常用双手把帽子拉到耳朵上。他穿着一双崭新的树皮鞋,裹着包脚布;一根粗绳子在他身上缠了三圈,精心地束紧他那整洁的黑色长袍。无论是他,还是巴夫路沙,看样子都不出十二岁。第四个科斯佳,是个约莫十岁的男孩子,他那若有所思、郁郁寡欢的眼神引起了我的好奇心。他的脸庞不大,瘦刮刮的,而且长满雀斑,下巴尖尖的,像松鼠一样;嘴巴小得几乎看不出来;然而他那双乌溜溜、水灵灵的大眼睛,却使人产生一种奇怪的印象:它们似乎想要表达出某种意思,而这是他的语言——至少是他的语言——表达不出的。他个子矮小,身体瘦弱,穿着寒碜。最后一个是瓦尼亚,我起初竟没有发现他。他躺在地上,安安静静地蜷缩在一张粗糙不堪的草席子下面,只是偶尔从席子底下露出自己那淡褐色鬈发的头来。这个小男孩最多七岁。

就这样,我躺在旁边的一丛灌木下,打量着这群孩子。有一堆火上挂着一口小小的铁锅,锅里煮着土豆。巴夫路沙负责照看它,他正跪在地上,把一块木片伸进滚沸的水里去扎试。费佳躺着,用一只胳膊撑着头,敞开着厚呢上衣的衣襟。伊柳沙坐在科斯佳的旁边,依旧那样紧张地眯缝着双眼。科斯佳微微低着头,望着远处的某个地方。瓦尼亚在自己的席子下面,一动也不动。我假装睡着了。孩子们渐渐地又打开了话匣子。

起初,他们一会儿说这,一会儿又说那,还说到明天要干的活,说到马;可是,突然间费佳转向伊柳沙,似乎接续打断的话题,问他:"喂,怎么啦,你真的见过家神吗?"

"不,我没有看见他,他可是没法看见的。"伊柳沙用沙哑、无力的声音答道,这声音跟他脸上的表情再相宜不过了,"不过我听见过……而且不止我一个人听见。"

"可他待在你们那里的什么地方呢?"巴夫路沙问。

"在老打浆房。"

"难道你们经常到造纸厂去?"

"当然啦,经常去。我和哥哥阿夫久什卡是磨纸工啊。"

"看不出啊,你还是工人呢!"

"那么,你到底怎样听见的呢?"费佳问道。

"事情是这样的。有一次,我跟哥哥阿夫久什卡,和米海耶夫斯基家的费多尔,和斜眼伊万什卡,和红岗的另一个伊万什卡,还有苏霍路科夫家的伊万什卡,还有另外几个小伙伴,都在那里。我们一共有十来个人——刚好整整一个班。可我们还得留在打浆房过夜,本来不用留在那里过夜的,但监工纳扎洛夫不准我们回家,他说:'孩子们,你们回家也是闲着啊;而明天活儿很多,孩子们,你们就别回家了吧。'我们就留下来了,大伙儿睡在一起。阿夫久什卡开始说话,他说:'喂,伙计们,要是家神来了怎么办?'阿夫久什卡的话还没有说完,忽然就有人在我们头顶上方走来走去。我们就躺在下面,可他就在上面,在水轮附近走来走去。我们听见他在走着,木板在他脚下踩弯了,一个劲地咯吱咯吱响;他就在我们头顶走了过去。水突然在轮子上哗啦哗啦流得直响,冲得轮子咿呀咿呀响着转动起来;而水宫的闸板却被放开了。我们很奇怪,到底是谁提起了闸板,让水流起来呢?不过,轮子转了一会,又转了一会,就停了。那个人又往上走到门边,还顺着楼梯开始往下走,就这样往下走,一副不慌不忙的样子;楼梯在他脚下咚咚直响……唔,那个人走到我们的门口了,他等着,等着——门突然砰的一下打开了。我们吓了一大跳,一看——却什么也没有……忽然,我们看见一个大桶的木格子框动起来,往上升,浸了浸水,就这样在空中移过来移过去,好像有人在刷洗它,然后又回到原来的地方。后来,另一只大桶的挂钩被从钉子上摘下来,又挂回去了;后来,好像有人走到门边,又突然猛咳起来,就像羊那样咳嗽,可声音是那样响……我们大家就这样挤成一堆,互相往身子底下钻……哎呀,那一回可真把我们吓坏了!"

"真有这样的事?"巴夫路沙低声说,"那他为什么要大咳不停呢?"

"不知道,也许是受不了湿气。"

大家沉默了一会儿。

"怎么样,"费佳问道,"土豆煮好了没有?"

巴夫路沙试了试土豆。

"没有,还是生的呢……听,水哗啦哗啦响……"他把脸转向河边,补充说,"大概,是一条狗鱼……瞧,那边一颗小星星落下去了。"

"不,兄弟们,我来给你们讲个故事。"科斯佳用尖细的声音说起来,"你们听着,这是前几天我当面听我老爸讲的。"

"好,我们听。"费佳带着鼓励的神态说道。

"你们都认识加弗利拉,镇上的那个木匠吧?"

"是的,我们认识。"

"你们可知道,他为什么老是那么愁眉锁眼,老是不说话?你们知道吗?他那么不快活为的是这么回事。老爸说,有一次,兄弟们啊,他到树林里去摘核桃。他就是到树林里去摘核桃,才迷了路;他一路走去,天知道,他走到了什么地方。他还是走呀走呀,兄弟们啊——不对呀!他没法找到路;而野外已经是深夜了。他就一屁股坐在一棵树底下;他说,让我在这里等到天亮吧——他一坐下来,就打起了瞌睡。他刚一打起瞌睡,就突然听见有人叫他。睁眼一看——什么人也没有。他又打起瞌睡来——又有人叫他。他又睁开眼睛一看,再看,看见他前面的树枝上坐着一条美人鱼,摇晃着身子,正在叫他到她跟前去;而她自己却在笑着,笑得要死……月亮光皎皎的,照得到处亮灿灿的,清清楚楚——兄弟们啊,什么都看得见。就是她在叫他,她坐在树枝上,全身是那样白光光、亮闪闪,好像一条鲤鱼或者鲥鱼——要么就像一条鲫鱼,白皓皓,银晃晃……加弗利拉木匠呢,简直呆怔怔的。兄弟们啊,可是她还在放肆哈哈大笑,而且还老是那样招手叫他到自己跟前去。加弗利拉本来已经站起来,想要听从美人鱼的话了,兄弟们啊,可是准是上帝提醒了他：他就在身上画了个十字……可是，就连画十字也那么费劲啊，兄弟们啊；他说，他的手简直像石头一样，不能转动……哎呀，真难受啊，唉！……他刚一画完十字，兄弟们啊，那美人鱼就不笑了，反倒忽然大哭起来……她哭着，兄弟们啊，用头发擦着眼泪，而她的头发绿生生的，就像烟草一样。加弗利拉就这样看着她，看着她，然后开口问她：'林妖，你为什么哭？'那美人鱼却对他说起话来。'人啊，你不该画十字呀，'她说，'你应该同我快快活活过一辈子啊。我哭，我伤心，是因为你画了十字；而且将不只是我一个人伤心，你也要同样伤心一辈子。'她说完这话，兄弟们啊，就消失不见了，而加弗利拉马上就知道了怎么从树林里走出去……只是从那个时候起，他就总是愁眉苦脸了。"

"嗨！"费佳沉默了一会儿说道，"这个林妖又怎么可能伤害一个基督徒的心灵呢——他不是根本没听她的话吗？"

"真是呀，你看怪不怪！"科斯佳说，"加弗利拉还说，她的声音那么尖细，那么悲哀，就像癞蛤蟆的声音。"

"这是你老爸亲口讲的吗？"费佳又问道。

"亲口讲的。我躺在高板床上，全听见了。"

"真是怪事！他为什么愁眉苦脸呢？……而她叫他过去，明摆着是喜欢他。"

"嘿，还喜欢他呢！"伊柳沙接过话去，"说的什么话！她想呵他的痒痒，她想的就是这档子事。她们这些美人鱼啊，就喜欢干这种事。"

"可要知道，这里兴许也有美人鱼呢。"费佳提醒道。

"不，"科斯佳答道，"这地方干干净净，空空旷旷。只是——离河太近了。"

大家都默不作声了。突然，远处传来拖得长长的、清脆嘹亮的、几乎像痛苦呻吟般的声音。这是一种神秘的夜声，往往出现在万籁俱寂的时候，它逐渐升起，停在空中，慢慢扩散，最后终于似乎消失了。留神细听——又好像什么声音也没有，但还是在响着。仿佛有人在天尽头久久地、久久地不断呼喊，另一个人则似乎是在树林里用尖细、刺耳的哈哈大笑来加以回应，接着，一阵微弱的咝咝声掠过河面。孩子们面面相觑，打了个哆嗦……

"上帝保佑！神与我们在一起！"伊柳沙低声念叨。

"啊哈，你们这些马大哈！"巴夫路沙叫了起来，"慌乱什么呢？你们瞧，土豆熟了。（大家唰的一下凑到铁锅前，开始吃热气腾腾的土豆，只有瓦尼亚一动不动。）你到底怎么啦？"

但瓦尼亚并未从自己的草席下爬出来。铁锅很快就空空如也。

"啊，伙计们，"伊柳沙开始说，"你们听说过前不久在我们瓦尔纳维茨发生的事吗？"

"是在堤坝上吗？"费佳问道。

"对，对，是在堤坝上，在堤坝决口的地方。那可实在是个闹鬼的地方，鬼气森森，又那样偏僻。四周都是那么一些凹地、冲沟，而冲沟常常有卡尤里。"

"呃，发生了什么事呢？你说呀……"

"噢，发生了这么一回事。费佳，你也许不知道，就在我们那儿埋着一个淹死的人；而他是很久很久以前，池塘还很深的时候淹死的;不过他的坟墓现在还看得见,只是勉勉强强看得出来,就剩下——一个小土包……就在前几天,管家把看猎狗的叶尔米勒叫去,对他说:'叶尔米勒,你到邮局去一趟。'我们那儿的叶尔米勒常常去邮局,他把自己的狗全都折腾死了,狗在他手里不知道怎么的就是全都活不长,总是活不长。可他倒是个很好的驯犬高手,能摆平一切。于是叶尔米勒就骑上马到邮局去了,并且还在城里耽搁了一会儿,不过,回来的时候他已经喝醉了。已经是晚上了,是个明亮的夜晚,圆月高照……叶尔米勒就骑着马走过堤坝——他必须要走这条路。看猎狗的叶尔米勒就这样骑马走着走着,于是看见在淹死的人的坟墓上,有一只小绵羊正在不慌不忙地走来走去,白茸茸的,一身卷毛,好看极了。于是叶尔米勒心想:'我这就把它捉住,干吗让它白白跑掉呢。'于是他下了马,一把把它抱在手里……那只羊呢——倒也乖乖的。叶尔米勒就走到马跟前。可是那匹马却瞪着眼睛向后退去,打着响鼻,摇着头儿;但是他喝住了马儿,抱着羊骑到它背上,又继续向前走——他把羊放在自己面前。他看着羊,那羊也直盯盯地看着他的眼睛。看猎狗的叶尔米勒,他开始心惊肉跳:他说,我从来没见过羊这样瞪着眼睛看人。不过,没什么;他就开始起劲地抚摸羊的毛——嘴里说着'咩,咩!'而那羊突然龇出牙齿,也对他叫着:'咩!咩!'……"

讲故事的人还没有来得及说完这最后一句话,两只狗突然一下子同时站起身来,狂躁地吠叫着,从火堆边冲了出去,飞奔向前,消失在黑暗中。孩子们全都吓坏了。瓦尼亚从自己的草席底下腾地一跃而起,巴夫路沙高喊着跟着两只狗跑去。狗叫声很快就响起在远处……只听见受惊的马群乱慌慌的奔跑声。巴夫路沙在大声喊着"阿灰！茹奇卡！……"过了一会，狗叫声静默了。巴夫路沙的声音已经从远处遥遥传来……又过了一会儿，孩子们困惑不解地面面相觑，好像在等待着将会发生什么事情……忽然嗒嗒响起一匹奔马的蹄声；这马猛然停在火堆旁，巴夫路沙抓住马鬃，敏捷地跳下马来。两只狗也跳进火光圈中，立即坐下来，吐出红红的舌头。

"那边怎么啦？发生了什么事？"孩子们问道。

"没什么。"巴夫路沙朝马儿挥了挥手，答道，"是这样，狗嗅到了什么。我想，是狼吧。"他一边呼哧呼哧地喘着粗气，一边用若无其事的语气补充说。

我情不自禁地欣赏了一阵巴夫路沙。此时此刻他非常可爱。他那张并不漂亮的脸庞，由于骑马快跑而显得生气勃勃，闪射着勇猛果敢、坚毅刚强的光辉。他手里没拿一根棍子，就在深夜孤身一人毫不犹豫地去赶狼……"多么可爱的孩子啊！"我望着他，心想。

"怎么，你们见过狼啊？"胆小鬼科斯佳问。

"这里向来有很多狼，"巴夫路沙答道，"只不过它们冬天才骚扰人。"

他又在火堆前蜷曲着身子。他坐在地上，用一只手摸摸一只狗毛蓬蓬的后脑勺，于是那受宠若惊的畜生带着感激的得意神气从旁边望着巴夫路沙，很久没有转过头去。

瓦尼亚又钻到草席底下。

"你给我们讲了多么可怕的事儿，伊柳沙。"费佳说起话来，他作为富裕农民的儿子，因此总是带头说话（可他自己很少说话，似乎怕说多了有失自己的体面)。"就连这两只狗也像见了鬼似的汪汪乱叫起来……不过我确实听说过，你们那地方闹鬼。"

"瓦尔纳维茨吗？……那还用说！早就闹什么鬼了！听说，有人在那里不止一次看见从前的老爷——死去的老爷。听说，他穿着长襟外套，老是这样唉声叹气，在地上寻找着什么东西。有一次特罗菲梅奇大爷碰见他，就问：'伊万·伊万内奇老爷，您在地上找什么呢？'"

"他问他吗？"毛骨悚然的费佳插嘴说。

"是的，问他。"

"嘿，这位特罗菲梅奇可真是好样的……噢，那个人又怎么说呢？"

"他说：'我在找断锁草。'说话的声音低沉沉的，'断锁草。''可你要断锁草干什么呀，伊万·伊万内奇老爷？'他说：'坟墓里憋压得慌，憋压得慌，特罗菲梅奇，我想出来啊，想出来……'"

"你瞧，多离奇！"费佳说，"就是说，他觉得还没有活够。"

"多奇怪！"科斯佳低声说道，"我以为只有在追荐亡人的星期六才能看见死去的人呢。"

"死去的人随便什么时候都能看见，"伊柳沙很有把握地接着说。据我观察，所有孩子中，他最了解乡村的一切迷信传说。"不过，在追荐亡人的星期六，你还能看到轮到这一年死的活人。只要夜里坐在教堂门口的台阶上，一直望着大路，那些从你面前大路上走过的人，就是这一年里要死的人。去年，我们那里的老婆婆乌里雅娜就到教堂的台阶上去过。"

"噢,那她看见过什么人没有?"科斯佳好奇地问。

"当然啦。起初她坐了很久很久,一个人也没看见,也没有听到什么……只是老是好像有一只狗在什么地方一个劲地叫着,叫着……突然,她看见了,大路上走着一个穿一件衬衫的男孩子。她仔细一看——路上走着的是伊万什卡·费多谢耶夫……"

"就是春天死了的那一个吗?"费佳插嘴问道。

"就是他。他走着,头也不抬地走着……可乌里雅娜已认出他了……可是后来,她又看见一个老婆婆走来了。她看了又看,看了又看——哎呀,上帝啊!是她自己在路上走着,是乌里雅娜自己!"

"真是她自己吗?"费佳问。

"千真万确,是她自己。"

"那又怎样,可她不是还没有死吗?"

"可一年也还没过完呢。你再瞧瞧她,只剩一口气了。"

大家又哑然无语了。巴夫路沙把一把枯枝扔进火里。枯枝在腾地燃烧起来的火焰中立刻变黑,毕毕剥剥地响着,冒出青烟,渐渐弯曲,烧着的一端稍稍翘起。火光一阵阵颤动着,射向四面八方,特别是射向上方。突然不知从什么地方飞来一只雪白的鸽子——径直飞进这光圈里,全身沐浴着热烘烘的火光,怯生生地在光圈中打了几个转转,就振开双翅,唰地飞走了。

"它迷路了,回不了家了,"巴夫路沙发现了,"现在只能飞呀飞呀,碰上能歇脚的地方,就在那里待一宿。"

"呃,巴夫路沙,"科斯佳轻声问,"这是不是一个虔诚的灵魂飞到天上去呀,啊?"

巴夫路沙又把一把枯枝扔进火里。

"也许是。"他终于说。

"喂,巴夫路沙,请告诉我,"费佳开口说,"你们沙拉莫夫那儿也看得见天兆吗?"

"就是太阳一下子看不见了?当然也能看见。"

"想必你们也都吓坏了吧?"

"不光是我们呢。我们的老爷,虽然早就对我们说过,他说你们就要看到天兆了,可是等天黑昏昏的时候,听说他自己也差点吓破胆。而在仆人房里,那个做饭的婆娘,刚一看到天黑下来,你瞧,就一把抄起炉叉,把炉灶上的砂锅瓦罐全都打碎了,她说:'现在谁还要吃东西呀,世界的末日到啦。'这下子菜汤流了个满地。哦,兄弟,在我们村里还流传着这样的说法,说什么白狼遍地跑,把人全吃掉,猛禽飞得凶,那个特里希卡露真容。"

"这个特里希卡是什么?"科斯佳问。

"你还不知道吗?"伊柳沙热情似火地接话说,"唉,兄弟,你到底是从哪里掉下来的,连特里希卡都不知道?你们村里人老是坐在家里大门不出吧,这真是不出家门什么都不知道啊!特里希卡——是个非常厉害的人,他就要来了;他是这么厉害的一个人,他要是来了,你抓不住他,怎么着都奈何不了他,他就是这么厉害的一个人。比方说,农民们想抓住他,拿起棍棒去追他,把他团团围住,可是他会障眼法——他一障住他们的眼睛,他们自己就会互相打斗起来。比方说,把他关进监牢里,他会请求用勺子舀点水喝,等到把勺子拿给他,他就钻进勺子里,连影子都找不到了。给他戴上镣铐吧,可他只要两手一挣——镣铐就哐当一声落到地上。哎,就是这个特里希卡要走遍乡村和城市;就是这个特里希卡,这个恶魔,要来诱惑基督徒了……唉,可是怎么着都奈何不了他……他就是这样一个非常厉害的恶魔。"

"唔,是的,"巴夫路沙用他那从容不迫的声音接着说,"是这样一个人。我们那里的人就是在等他来。老人们都说,天兆一出现,特里希卡就要来了。这不,天兆真的出现了。所有的人都纷纷走到街上,走到田野里,等待着发生什么事情。而我们那里,你们知道,是个敞阳、开阔的地方。大家正在望着——忽然从镇子那边的山上走来一个人,样子很诡异,脑袋很奇怪……大家一起高叫起来:'哎呀,特里希卡来了!哎呀,特里希卡来了!'就都不管方向地狂躲。我们的村长钻进了沟里;村长太太卡在大门下的空隙里出不来,拼命喊叫,把自己的看家狗都吓坏了——那狗挣脱锁链,跳过篱笆,钻进树林里了;还有库兹金的老爹多罗费伊奇,跳进燕麦地里,蹲下来,拼命学鹌鹑叫,他说:'也许,杀人恶魔会怜悯一只鸟吧。'大家都吓成了这副样子!……可是,这个走来的人却是我们的箍桶匠瓦维拉:他给自己新买了一只小木桶,就把空木桶戴在头上。"

所有的孩子都笑了起来,接着又沉默了一会,这也是在野外谈话的人们常有的情形。我环视四周:夜庄严而雄伟,后半夜潮乎乎的凉气替换了午夜前干燥的温暖;夜像软茸茸的帐幕一样,还要在沉睡的原野上垂挂很长一段时间;还要很长一段时间,才能听到清晨第一阵喋喋声,第一阵沙沙声和簌簌声,才能看见黎明时分初降的露水。天空没有月亮,这些日子里,她总是很迟才升起。无数金灿灿的星星,似乎都在争先恐后地闪烁着,顺着银河的流向静悄悄地流动。真的,望着星星,您似乎隐隐感觉到地球在不停地飞速运转……一种奇怪、尖锐、痛苦的叫声,突然接连两次从河面上传来,过了不多一会儿,又在远些的地方重复着……

科斯佳打了个哆嗦……"这是什么声音?"

"这是鹭鸶在叫。"巴夫路沙镇定自如地回答。

"鹭鸶?"科斯佳重复着,"可是,巴夫路沙,我昨天晚上听到的是什么呀?"他稍停了一会儿,又说,"你,也许,知道吧……"

"你听到什么了?"

"哦,我听到的是这么一回事。我从石头岭到沙什基诺去,起初我一直在我们的榛树林里走,可后来走到了草地——你知道,那里有个崖角,而那里本来就有个深坑,你知道,坑里长满了芦苇。当时我就从这个深坑边走过,兄弟们啊,忽然听到深坑里有人呻吟起来,是这样悲伤,这样悲伤:呜——呜……呜——呜……呜——呜!我都吓蒙了,兄弟们啊,时间已经很晚了,而且那声音又是那样悲惨。这么一来,连我自己好像也哭起来了……这到底是怎么回事呢?啊?"

"前年夏天,一伙强盗把护林人阿金淹死在这深坑里了,"巴夫路沙说明道,"这也许是他的灵魂在诉苦喊冤吧。"

"噢,原来是这样,兄弟们啊,"科斯佳睁大了他那双本来不太大的眼睛,说道,"我还不知道是淹死在这个深坑里呢,要是知道的话,魂都会吓掉呢。"

"不过,听说,那里有一些很小的蛤蟆,"巴夫路沙接着说,"它们叫起来也是这样悲伤。"

"蛤蟆?曬,不,这不是蛤蟆……这怎么会是……(鹭鸶又在河面上叫了一声。)咳,又是它!"科斯佳情不自禁地说出来,"好像是林妖在叫。"

"林妖可不会叫,她是哑巴,"伊柳沙接过话来,"她只会拍手,拍得噼噼啪啪一片响……"

"怎么,你见过她,见过林妖吗?"费佳嘲弄地打断他的话。

"不,没有见过。上帝保佑,可别让我见到她。可是别人见过。就在前几天,他迷住了我们那里的一个农民:她领着他在树林里走啊走啊,老是在一个地方转圈圈……直到天亮才好不容易回到家里。"

"那么,他是看见林妖了啰?"

"看见了。他说,林妖大乎乎、高巍巍、黑黢黢的,遮裹着身子,就好像藏在树背后,看得不大清楚,一双大眼睛,好像是在躲开月光,望着、望着,不停地眨巴,眨巴……"

"唉,你呀!"费佳轻轻哆嗦了一下,耸了耸肩膀,激动地说,"呸!"

"可为什么世界上要生出这种坏东西呢?"巴夫路沙说道,"真是的!"

"你别骂,当心点,她会听到的。"伊利亚提醒道。

大家又开始沉默了。

"快看呀,快看呀,伙计们。"突然响起瓦尼亚的童声,"快看天上的星星吧——就像密密麻麻的蜜蜂!"

他从草席底下伸出自己那嫩鲜鲜的小脸蛋，用小小拳头支撑着，慢慢地向上抬起自己那双沉静的大眼睛。所有孩子的眼睛都仰望着星空，望了好一阵子。

"喂，瓦尼亚。"费佳亲热地说，"你姐姐安纽特卡身体好吗？"

"身体好。"瓦尼亚回答，他有点发音不清楚。

"你问问她——她为什么不来跟我们玩？"

"我不知道。"

"你告诉她，叫她来玩。"

"我会说的。"

"你告诉她，我有礼物要送给她。"

"那你也送我吗？"

"也送给你。"

瓦尼亚叹了口气。

"唔，算了，我不要。你最好还是送给她吧，她是我们那儿最棒的人。"

瓦尼亚又把自己的头缩回草席里。巴夫路沙站起身，随手拿起空空的小铁锅。

"你去哪里？"费佳问他。

"去河边，打点水来，我想喝点水。"

两只狗站起来，跟着他走去。

"当心点，别掉到河里去！"伊柳沙冲他的背影喊着。

"他怎么会掉到河里呢？"费佳说，"他会小心的。"

"是的，他会小心。可什么事都可能发生。就在他弯下腰去舀水的时候，水怪就一把抓住他的手，把他拖进水里。以后人们会说，这孩子掉到水里了……可是，这怎么会是掉下去的呢？……"他凝神听了一会，补充道，"听，他钻进芦苇里了。"

芦苇的确朝两边分开，像我们常说的"沙沙作响"。

"可这是真的吗？"科斯佳问，"傻子阿库丽娜掉到水里后就疯了？"

"是从那以后……现在她成了什么样子！可是听说，她从前是个美人儿呢。水怪把她糟蹋了。他大概没有想到人们会很快把她救上来。他就在水底下，把她给糟蹋了。"

（我本人不止一次碰到这个阿库丽娜。她穿着烂兮兮的衣服，瘦得可怕，脸像煤炭那样黑乎乎的，目光迷迷瞪瞪的，总是龇着牙齿，常常一连几个小时在大路上的某个地方原地踏步，瘦伶伶的两手紧紧贴在胸前，像笼中的野兽一样慢慢地交替倒换着两只脚。无论对她说什么，她都丝毫不懂，只是有时痉挛得哈哈大笑。）

"可听说，"科斯佳继续说，"阿库丽娜是因为被情人欺骗了，才跳河的。"

"就是因为这件事。"

"可你还记得瓦夏吗？"科斯佳伤心地接着说。

"哪个瓦夏？"费佳问道。

"不就是淹死的那一个嘛，"科斯佳回答道，"就是在这条河里。多好的一个孩子啊！唉唉，这孩子可真好啊！他母亲费克丽斯塔可真是爱死了他，爱死了瓦夏啊！她，费克丽斯塔好像早有预感，他会淹死在水里。夏天，有时瓦夏跟我们小伙伴一块去河里洗澡——她就浑身瑟瑟发抖。别的娘儿们都没什么，只管端着洗衣盆一窝蜂从旁边走过，可费克丽斯塔却把洗衣盆放到地上，大声叫唤起他来：'回来吧,回来呀,我的亲爱的!哎呀,回来吧,我的小鹰!'只是,天晓得他是怎么淹死的。他在岸边玩耍,他母亲也在那里,在把干草扒到一块,突然听见好像有人在水里咕咕吐气泡——一看,就只有瓦夏的一顶小帽子在水上漂着了。打那以后,费克丽斯塔就精神失常了,她常常走到他淹死的地方去,躺在那里;她躺着,兄弟们啊,还唱着歌——你们可记得,瓦夏老是爱唱那么一首歌吧,她唱的也就是那一首歌。要不,她就哭啊,哭啊,苦哈哈地向上帝诉说……"

"瞧,巴夫路沙回来了。"费佳说。

巴夫路沙端着满满一小锅水,走到火堆前。

"喂,伙计们,"他沉默了一会,开口说,"事情不妙。"

"什么事啊?"科斯佳急不可耐地问。

"我听到了瓦夏的声音。"

大家都瑟瑟颤抖了一下。

"你怎么啦?你怎么啦?"科斯佳嘟嘟哝哝地说。

"真的。我刚刚弯腰去打水,就突然听见大概是瓦夏的声音在叫我的名字,那声音就好像是从水底下传出来的:'巴夫路沙,啊,巴夫路沙,到这里来。'我走开了。不过,我还是打了水。"

"哎呀,你呀,上帝保佑!哎呀,你呀,上帝保佑!"孩子们一边画着十字,一边念叨。

"这可是水怪在叫你呀,巴夫路沙,"费佳接着说,"而我们刚刚正在谈他,正在谈瓦夏呢。"

"哎呀,这可是不好的兆头。"伊柳沙一字一顿地慢慢说道。

"嘿,没什么,由它去吧!"巴夫路沙斩钉截铁地说,随即又坐了下来，"自己的命运是没法逃脱的。"

孩子们都安静下来。显然，巴夫路沙的话对他们产生了深刻的影响。他们纷纷在火堆旁躺下，好像准备睡觉了。

"这是什么？"科斯佳突然稍稍抬起头问道。

巴夫路沙凝神听了一会。

"这是小山鹬飞过，是山鹬在叫呢。"

"它们这是飞到哪里去啊？"

"听人说，就是一个没有冬天的地方。"

"难道真有这样的地方？"

"有啊。"

"很远吗？"

"很远，很远，在温暖的大海那边。"

科斯佳叹了口气，闭上了眼睛。

从我坐在孩子们身旁算起，已经过去三个多钟头了。月亮终于升起来了，我没有立即发现它：它是那样细弯弯、窄溜溜的一钩月牙。这没有月光的夜晚，看上去依旧像往常那样壮丽……不过，不久前还高挂在天空的许多星星，已经落到大地黑蒙蒙的边缘上；四周早已真正地万籁俱寂，就像平常将近黎明时万籁俱寂一样：一切都沉浸在黎明前香酽酽、静悄悄的睡梦中。空气中已经闻不到浓烈的气味了——湿气似乎又在渐渐弥漫……短促的夏夜！……孩子们的谈话声随着火光一起停息了……连那两只狗也打起了瞌睡；借着微微闪烁的暗幽幽星光，我看见马也躺下了，低着头……轻微的倦意支配着我，这倦意很快就变成了瞌睡。

一阵清风拂过我的脸颊。我睁开眼睛。天已破晓，朝霞还没有在任何一个地方发出红晕，但是东方已经开始发白。周围的一切都开始看得见了,虽然还模模糊糊。灰苍苍的天空渐渐变亮,渐渐变凉,渐渐变蓝,一颗颗星星一会儿闪着微光,一会儿又消失无踪;地面潮湿起来,树叶上露珠晶莹,一些地方开始传来生气勃勃的各种响声和人声,轻拂拂的晨风已经在大地上徐荡慢移。我的身体产生轻松、愉快的颤动来回应晨风。我一骨碌爬起来,向孩子们那边走去。他们在闷燃的火堆周围睡得像泥巴一样;只有巴夫路沙微微抬起上半身,凝神看了看我。

我朝他点了点头,然后沿着白雾蒙蒙的河岸往家里走去。我走了还不到两俄里,在我周围,在宽绰绰、湿漉漉的草地上,在前面那些绿微微的山冈上,从树林到树林,在后面长长的灰土路上,在一丛丛亮闪闪、染得红溜溜的灌木上,在越来越稀薄的雾气中羞羞答答地露出一丝蓝色的河面上——都洒满了鲜灵灵、热烘烘的阳光,起初是鲜红,后来是大红、金黄……万物都活动起来,睡醒了,歌唱了,喧闹了,说话了。到处都有大颗大颗的露珠像亮晶晶的金刚石一样红光闪闪;朝我迎面飘来的,是仿佛也被早晨的清凉滤洗过的清新、纯净的钟声;忽然,一个恢复了精神的马群,由我熟悉的那些孩子们赶着,从我身边疾奔过去……

非常遗憾,我必须补充一句,就在这一年巴夫路沙死了。他不是淹死的,他是从马上掉下来摔死的。太可惜了,一个多么可爱的少年!

1851 年

图书在版编目（CIP）数据

麻雀 / (俄罗斯) 屠格涅夫著；曾思艺译. -- 武汉：
长江文艺出版社，2023.6(2023.7 重印)
ISBN 978-7-5702-3095-2

Ⅰ. ①麻… Ⅱ. ①屠… ②曾… Ⅲ. ①散文集－俄罗
斯－近代②散文诗－诗集－俄罗斯－近代 Ⅳ.
①I512.14

中国国家版本馆 CIP 数据核字 (2023) 第 070242 号

麻雀

MAQUE

责任编辑：田敦国　　　　　　　　责任校对：毛季慧
封面设计：天行云翼·宋晓亮　　　　责任印制：邱　莉　　王光兴

出版：长江出版传媒 | 长江文艺出版社
地址：武汉市雄楚大街 268 号　　　邮编：430070
发行：长江文艺出版社
http://www.cjlap.com
印刷：武汉珞珈山学苑印刷有限公司

开本：640 毫米×970 毫米　　　1/16　印张：7　　　插页：4 页
版次：2023 年 6 月第 1 版　　　2023 年 7 月第 2 次印刷
字数：64 千字

定价：22.00 元